This is wizard's last card.

1. 黎明の剣士

これが魔法使いの切り札
1．黎明の剣士

羊 太郎

ファンタジア文庫

3360

口絵・本文イラスト　三嶋くろね

1

これが魔法使いの切り札

黎明の剣士

This is wizard's last card.

Taro Hitsuji
illustration
Kurone Mishima

序章　傭兵《ようへい》なボクが魔法使いになろうと思ったワケ

「よし！　上手《うま》く戦死することができた……ッ！

これで、俺は自由だぁああああああああああああ――っ！」


フォルド大陸は東部にある、バートランドの戦場跡地にて。

黒髪黒瞳の少年――リクス＝フレスタットの歓喜の声が響き渡っていた。

十代半ば。平均よりやや高めの身長、あちこち古傷だらけだが引き締まった身体《からだ》。

まったく隙のない佇《たたず》まい、身体に纏《まと》うボロボロの革鎧《かわよろい》、腰に吊《つ》られた片手剣……どう見てもカタギの少年ではない。

それもそのはず、リクス少年は傭兵だった。

この東部紛争地帯では知らぬ者のない最強の戦闘集団――ブラック傭兵団のエースアタッカーだ。

「いやぁ……さっきのは我ながら迫真の演技だったなぁ、俺」

リクスは、先ほどの出来事に思いを馳《は》せる。

そう――リクスは〝戦死〟したのだ。

このバートランドの戦場で、ブラック傭兵団の仲間達を敵軍の追撃から逃すため、リクスは殿《しんがり》を買って出て、そして、最後は爆弾をその身に抱きかかえて、敵陣へ特攻。

そのまま、爆死したのである……正確には〝爆死した振り〟だが。

爆風なんて、予《あらかじ》め穴を掘っておけば、どうとでもなるものだ。

「〝皆、俺の代わりに生きてください〟、〝団長、今までお世話になりました〟、〝最後に恩返しさせてください〟……俺がそう言って特攻したら、皆、涙ぐんでたなぁ……〝バカ野郎、行くな！〟、〝戻ってこい！〟、〝止《や》めろ！〟って、クックック……」

わりとドクズな、リクス少年であった。

「でも、仕方ないんです、団長に傭兵団の皆……俺、譲れない目的があるんです」

そう言って、リクスは鬼気迫る表情で空を見上げる。

「そう、俺は……傭兵をやめて、魔術師になる！

なぜなら――傭兵なんてブラックな職業、お先真っ暗だからだぁああああああああああああああああああああああああああああああああああ――ッ！」

少年の魂の叫びだった。

「俺、もうやだ！　生きるか死ぬかの毎日なんて！　それに、傭兵だと結婚もできないんだよ⁉ 〝いつ死ぬかわからない人と、将来なんて考えられない〟なぁんて!

うん、そりゃそうですよね、俺だってやだよ! ド畜生!

しかも、そんな悩みを団長に打ち明けたら、あの野郎、俺に金を渡して、もの凄《すご》く良い笑顔で親指立てて、こう言いやがったよな⁉ 〝娼館《しょうかん》行ってこい!〟。

ふざけんなぁああああああああああ——っ! 俺はそういうの一生添い遂げる相手としかしないんだぁあああああああああああ——ッ!」

わりとこじらせてキモい、リクス少年であった。

「——と言うわけで、俺は傭兵をやめる! 〝来る者は拒まず、去る者は地獄の果てまで追いかける〟のがモットーなブラック傭兵団とは、今日でお別れだ!

俺は、魔術師になる! 幸い、伝手《つて》もあるしね!」

実際、この世界の魔術師は、もっとも潰しが利《き》く職業だ。

政治・経済・研究・遊興・農業・工業、インフラ等々……ありとあらゆる分野で、様々な魔法に長《た》けた魔術師達が活躍している。

おまけに、魔術師の社会的地位は高く、それだけで様々な特権や恩恵が得られる。

明日の命も知れぬ傭兵稼業とは、将来の展望が雲泥《うんでい》の差だ。

「さようなら、団長……さようなら、傭兵団の皆……俺、魔術師になります。

魔術師になって、血生臭い戦いとは無縁の職業に就き、可愛《かわい》い嫁さんもらって、平和に楽しく暮らして、最期《さいご》は孫達に囲まれてベッドの上で死にます。さようなら……」

そう言って。

リクスが踵《きびす》を返し、その戦場跡地を後にしようとした……その時だった。

人の気配の接近を感じ、リクスが咄嗟《とっさ》に近くの岩陰に身を隠す。

恐る恐る様子を窺《うかが》ってみれば……

「リクス！　リクスぅううう！」

やたら強面《こわもて》で筋骨隆々とした男を筆頭に、十数名の武装集団が、この戦場跡地を当てもなく彷徨《さまよ》い、何かを探していた。

「え……？　ブラック団長……傭兵団の皆……ッ!?」

リクスは目を見開き、仲間達を凝視する。彼らの会話に耳を傾ける。

「リクス！　頼む！　生きてたら返事をしてくれぇ！　リクスゥ！」

「団長、無理っすよ……見たでしょう？　リクスの最期……」

「あの爆発じゃ、多分、骨の欠片《かけら》すら残ってねえよ……ぐすっ……」

「あいつ……俺達のために……ッ！　無茶しやがって……ッ！」

　すると、強面で筋骨隆々とした男——ブラック団長がその場に泣き崩れる。

「リクスッ！　バカ野郎！　なんで死んだんだ⁉　俺より先に死ぬやつがあるか！　うおああああああああああぁぁぁ——ッ！」

　ブラック傭兵団の団長ブラックは、この東部では知らぬ者のない最強の傭兵だった。

　常に豪快で、酒を片手にガハハと笑うような豪傑で、こんな風に泣き崩れる姿なんて想像もつかない男であった。

　そんな男が、今、号泣している。リクスの死を悼《いた》んでいる。

　そんなブラックの姿に、リクスは胸が締め付けられる思いを禁じ得ない。

「だ、団長……」

　思えば三年前、孤児だったリクスがブラックに拾われて以来、ブラックは本当の息子のようにリクスに接してくれた。傭兵として、様々なことを教わった。

　ブラックだけじゃない。傭兵団の他の皆もだ。

　皆、天涯孤独なリクスにとって、家族も同然だった。

　なんだかんだで、リクスが今まで生き残れたのは、ブラック傭兵団のお陰なのだ。

（一体、俺は何をやってるんだ？　そんな恩義も忘れて、こんな不義理なこと……ッ！

本当にいいのか……ッ⁉︎）

リクスの足が、自分を探している仲間達の元へ吸い寄せられるように、一歩を踏み出していた。

その時、リクスの脳裏に、ブラック傭兵団で過ごした様々な思い出が、まるで走馬灯のように蘇《よみがえ》る――

『ちょ、団長⁉︎　あの敵大部隊を俺一人で食い止めろって、どういうことっすかぁあああああああああああ⁉︎』

『大丈夫だ、リクス！　お前の実力ならやれる！　お前を信じる俺を信じろ！』

『信じられるかぁああああああ⁉︎　お前、今、サイコロで配置決めたろ⁉︎』

しょっちゅうあった、そんな無茶振りの記憶。

『だ、団長ぉ⁉︎　団の資金を一晩で食い潰すなんて、一体、何考えてんすかぁ⁉︎』

『フッ……昨夜は、アリエッタちゃんに全て捧げなきゃ負けだった。お陰で人生最高の夜だった……ッ！　我が人生に一片の悔いなしッ！　ぐへへ……』

『こんの色ボケドアホ！』

『相変わらず堅《かて》ぇなぁ、リクスは。まぁいいじゃん、金ならまた敵ぶっ殺して稼げば』

『ふざけんな！』

しょっちゅうあった、そんな理不尽の記憶。

『待てぇえええええ！　リクスぅううううう！　逃げるなぁあああああ！』

『今日こそ、俺達と一緒に娼館へ行こうぜぇえええええ⁉』

『お前もいい加減、童貞捨てとけって！　悪《わり》ぃことは言わねえから！』

『うおおおおおお！　余計なお世話だ、バカ共ぉおおおおお──ッ！』

しょっちゅうあった、仲間達とのそんなアホないざこざ。

『おいいいい⁉　お前、なんで俺の食料まで食べちゃったの⁉　次の補給、いつだと思ってんの⁉　死ねと⁉』

『アニキ、傭兵は弱肉強食っす！　隙を見せたアニキが悪いっすよ！』（どやぁ
『お前を食ってやろうか、ゴラァ⁉』

しょっちゅう、自分を餓死寸前まで追い込んでくる妹分。

『団長！　団長！　一体、どうして俺達、野営中にこんな謎の暗殺者集団に襲われて、死に物狂いで戦ってるんですかね⁉』

『フッ……心当たりが多すぎて、わからんな！』

『このド畜生！　ふざけんな！』

『ほらほら、無駄口叩《たた》いている暇があったら、一匹でも多く殺せって。じゃないとお前が死ぬぞ〜？』

『うおおおお⁉　死んでたまるかぁあああああ――ッ⁉』

しょっちゅうあった、そんな修羅場。

他にも、様々な懐《なつ》かしい記憶の光景が、次から次へとリクスの脳裏を過《よぎ》って――


「……やっぱ、傭兵《ようへい》はもういいかな」

そう結論した。

たった一つのシンプルな答えだった。

仲間達へ向かって踏み出しかけていた足は、ピタリと止まっている。

そして、その場でくるりと踵を返して。

「「「リクスぅぅううううううううううううううう――ッ！」」」

仲間達の慟哭《どうこく》を背に、リクスはジト目でその場を後にする。

こうして、少年傭兵リクスは魔術師になるため、新たな世界へ旅立つのであった。

迷いや後悔はまったくない。

第一章　新たなる出会い

一角《ひとつの》の女神に祝福されし地、フォルド大陸。

この広大な大陸は、主に四つの地域に分けられる。

北部一帯を支配する北の覇者――オルドラン帝国。

南部一帯を統治する南の伝統国家――フォルセウス王国。

様々な諸侯・都市国家・豪族・部族が乱立する東部紛争地帯――東方。

そして、大陸西端の島国――エストリア公国。

このエストリア公国こそ、この世界でもっとも魔法技術が発展した魔法国家。

そして、世界最先端の魔法研究と、魔術師達の育成教育が日々行われる世界最高峰の魔法学院――エストリア魔法学院が存在する国である。

そこは、世界中から魔術師を志す若者達が集う地。魔術師達の聖地。

そんなエストリア公国へと向かう一隻の定期船の中に、リクスの姿はあった――

「この広大な海の先に……かのエストリア公国があるのか」

シャツにズボン、オーバーコート……簡素な旅装に身を包んだリクスが、船の甲板上に立ち、手すりにもたれかかりながら、目の前の広大な水平線を見つめている。

心地よい潮風が、休むことなく吹き流れている。

それを三本のマストに張られた帆が捕らえて、リクスを乗せた船は、アーリア海の荒波を斬り裂くように力強く進んでいく。

見上げれば、抜けるように青い空。

耳を澄ませば、穏やかな潮騒《しおさい》。

揺れる海面は、天頂の日の光を乱反射させ、キラキラと輝いている。

今までとは違う希望に満ちた何かが、きっとこれから始まる……そんなことを予感させてくれる清々《すがすが》しい海の光景を。

「おぇえぇぇぇぇぇぇぇぇぇぇぇぇぇぇぇぇぇ──ッ！」

リクスは、手すりから身を乗り出して吐き散らかした吐瀉物《としゃ》で、盛大に汚していた。

「うぇっぷ……ぎもぢわるい……ッ！　来るんじゃなかった……ッ！」

そして、早くも後悔していた。

リクスは歴戦の傭兵だが、どうしても船の上は昔からダメだったのだ。

おかげで水上戦となると、途端にポンコツの役立たずになる。

このような長い船旅は、リクスにとって地獄の宴《うたげ》だった。

「くそぅ……もう、ダメだ……ッ！」

がくん、と。燃え尽きたように、リクスがその場にくずおれる。

「なんだこれは……今まで経験したどんな戦場よりも辛《つら》いぞ……ッ！

死ぬのか……？　俺、死ぬのか……ッ⁉　こんな所で……ッ⁉

くっ……どうせ死ぬなら……ッ！」

リクスがこの世界の全てに絶望したような目で、腰に吊《つ》ってある剣の柄《つか》に手をかけた
……その時だった。

「ええと……そこの君……大丈夫？」

「おい、お前……大丈夫かよ？」

リクスの左右から、同時に声がかかった。

「ん？」

「あっ」

「お？」

リクスが顔を上げれば、左側には少女が、右側には少年が立っていた。

二人とも、リクスと同じ十代半ばだろう。

少女は、両肩に垂れる二つ結びにした亜麻色の髪、優しそうな群青《ぐんじょう》色の瞳、女性としては平均的な身長。まるでお人形のように美しく整った顔立ちをしているが、化粧っ気や飾り気がなく、いまいち垢抜《あかぬ》けなさがある。

だが、それでも思わずドキリとするほど美しい。美しいというより可愛《かわい》い。野に咲く花の素朴な、それでいて可憐《かれん》な美しさと可愛らしさだ。

対し少年は、短髪の茶髪、茶色の瞳。リクスより上背《うわぜい》がある。美男子……とまではいかないが、顔立ちは程よく整っており、人を引きつける不思議な愛嬌《あいきょう》が感じられた。

二人とも旅装姿だ。

「君達二人は、何者だ？　まさか追い剝ぎ？　弱った俺を狙って……？　くっ⁉」

「ンなわけあるかよ。とりあえず、そこの彼女は俺も初だ。

でも、多分、俺と同様、お前のことが気になって声をかけたクチだと思うぞ」

「う、うん……なんか、凄《すご》く気分悪そうだったから……」

すると、少女は懐《ふところ》から小瓶を取り出した。中には丸薬が入っている。

「君、船酔いだよね？　良かったらコレ使う？　すぐに楽になるよ？」

「……なるほど、毒か。ありがたく受け取るよ……」

「なんでこの流れで毒なんだよ⁉　しかもありがたく受け取んな！」

失礼極まりないリクスに、少年が思わずズビシと突っ込む。

「酔い止めだよ！　酔い止めの魔法薬！　俺でも知ってる結構有名なやつだよ⁉」

「いや、楽になるって言うからさ……」

「介錯《かいしゃく》的な意味じゃねえよ⁉　いいから、とにかく飲んどけ！」

少年に促され、リクスは少女から小瓶を受け取るのであった。

結論から言えば、少女がくれた酔い止めは効果覿面《てきめん》であった。

ものの数分で、リクスは普段の調子をほとんど取り戻していた。

「いやぁ、ありがとう。君は命の恩人だ」

「い、命の恩人だなんて、あはは、そんな大げさだよ……」

「いいや、命の恩人さ！　俺、もう少しで自決するところだったからね！」

「自決⁉　しかもなんでそんな爽やかに⁉」

「え？　だって、普通、あえて死にたくはないけど、苦痛が長引くならいっそ……って、思うものじゃないの？　違うの？　皆、そうだったけど？」

「うん……俺、お前に声かけたの、ちょっと後悔しかけてるわ……」

リクスの言《げん》に、少女は目を瞬《しばた》かせ、少年は目を虚無の半眼にするしかなかった。

「と、とにかく、まずはお互いに自己紹介だよね？　私、アニー＝ミディル。今年、エストリア魔法学院に入学することになった新入生だよ。ピカピカの一年生」

少女──アニーが、朗らかに微笑《ほほえ》みながら言った。

「ああ、なんだ。やっぱそうか。だよな、この時期にこの船に乗る連中っていったら、そうに決まってるよな」

「ということは……君も？」

「おう。俺の名は、ランディ。ランディ＝ラスター。今年からエストリア魔法学院の新入生だ。よろしくな」

少年──ランディもそう名乗ると、リクスを見る。

「……となると、お前もそうなんだろ？」

「ああ。俺は、リクス＝フレスタット。この度、エストリア魔法学院へ入学することになり、こうして死地にやってきた」

すると、アニーとランディが驚愕《きょうがく》に目を見開いて、叫んでいた。

「えええええっ⁉　君が⁉」

「あのリクス＝フレスタットなのか⁉」

瞬間、反射的にリクスは腰の剣に手をかけ、周囲を錯乱気味に警戒し始めていた。

「な、なぜ、俺を知っている⁉　まさか賞金首の手配書がここまで出回って⁉　ひぃいいいいいいいい⁉」

「違う！　違う！　っていうか、俺、お前に声かけたこと、本格的に後悔してきた！　マジで、なんなのお前⁉」

「え、ええと……落ち着いてね、リクス君。君は、私達今期の新入生の中では、結構有名人なんだよ？」

周囲を警戒するリクスを宥《なだ》めるように、アニーが言う。

「特待生。本来、公正で厳格な入学試験と適性審査に合格しないと、決して入学できないエストリア魔法学院が、その全ての手続きを無視して、特別に招待入学させる生徒。学院側がどうやって、特待生を選別しているのか、ちょっとわからないけど……特待生は皆、例外なく、普通じゃない魔法の才能を持っているらしいの」

「今年は、二人もその特待生が出たって話で持ちきりでな……まさか、お前がそうだったとは」

「……！」

寝耳に水な話に、つい押し黙ってしまうリクス。

確かに、リクスが傭兵《ようへい》をやめて魔術師になろうと思ったのは、以前どっかの戦場で、仲間達と一緒に仲良く死体から戦利品漁《あさ》りをしていた時、突然、リクスの前に現れた変な妖精から、一通の手紙を受け取ったのがきっかけだった。

それが、今、リクスの胸ポケにある『エストリア魔法学院特別入学招待状』。

二行以上の文章なので、襲いかかってくる眠気を必死に堪《こら》えて、なんとか読んでみたところ……なんだかようわからんが、魔法学院にタダで入れてくれるらしい。

あの時は、ラッキーとしか思ってなかったが、この二人の反応を見るに、結構な大事であるらしいようだ。

そもそも、なんだかんだで十代思春期まっただ中なリクス君。

普通じゃない、特別……そう言われて悪い気はしない。

というか、むしろドヤりたい。

「そっかぁー？　普通じゃないかー？　俺、普通じゃないかぁー？　参ったなぁ～」

「まぁ……普通じゃねーわな」

「うん」

浮かれるリクスに、ランディが半眼で、アニーが曖昧に微笑んで頷《うなず》く。

「ところで、お前って、どんな特別な魔法使えるんだ？　特待生っていうくらいだ……もう魔法、使えるんだろ？　教えてくれよ」

「だ、ダメだよ、ランディ君。それはいくらなんでも失礼だよ？　魔術師にとって自分の手の内は隠すものなんだから」

興味津々《きょうみしんしん》とばかりに聞いてくるランディを、諫《いさ》めるアニー。

「い、いや……どんな魔法を使えるも何も、俺は……」

魔法なんて習ったこともない……リクスがそう答えようとした、その時だった。

どぉおおおおおおおおんっ！

海の上だというのに、まるで大地震のような衝撃が、突然船を襲った。

「うわぁ!?」

「きゃあ！」

突き上げられる衝撃で、ランディとアニーの身体《からだ》が浮いて、その場に転倒する。

「ん？　なんだ、今の」

リクスは何事もなくその場に立って、辺りをキョロキョロしている。

まるで船そのものに根を下ろしているかのような、抜群の体幹と安定感であった。

「あ、あれ？　リクス、お前……なんでそんな平然と……？」

そんなランディの疑問を遮るように、叫び声が上がった。

「海魔だぁあああああ!?　海魔が出たぞぉおおおおおお――ッ!?」

次の瞬間、船の周囲の海面に、無数の水柱が天を衝《つ》かんばかりに上がった。

そして、そんな水柱を割って現れたのは、巨大な触手だ。その表面には大きな吸盤がびっしりと並んでおり、見る者に生理的な嫌悪《けんお》感を禁じ得ない。

やがて、船の傍《そば》に大渦が巻き起こり、その中心部から巨大な〝本体〟が姿を現す。

乗っている船など比べ物にならないほど大きい、そのイカのような姿をした怪物こそが、有史以来、数多《あまた》の船乗り達を海の藻屑《もくず》にしてきた忌《い》むべき海魔――クラーケン。

胴体にある二つの巨大な眼球が、甲板上にいる者達をギョロリと睥睨《へいげい》する。

そして、本日の餌を見つけたとばかりに、その巨体をゆっくりと船へ近づけてくるのであった。

「う、うわぁああああああああ⁉」

「あ……ああ……あぁ……」

蛇に睨《にら》まれた蛙《かえる》とはまさに、このことだ。

ランディはパニックに陥り、アニーは呆然《ぼうぜん》としてその場にペタンとへたり込む。

この甲板上には、彼らの他にもエストリア魔法学院の新入生と思《おぼ》しき者達が大勢いたのだが……誰も彼も、悲鳴を上げて逃げ惑うばかりだった。

「くそう、なんてこった！　この海域に海魔が出るなんてありえないぞ！」

ほどなくして、船長や乗組員と思しき者達が、泡を食って甲板上にやってくる。

「ど、どうします、船長⁉」

「あの軟体に、剣や大砲は効かねえ……対抗できるのは魔法しかねえんだ！」

「しかし、本来、ここは魔物のいない安全海域ですぜ⁉　魔術師の護衛なんて一人も雇っていやせん！」

「くっ、探せ！　乗客の中で魔法の使えるやつを！　幸いこの船はエストリア行きだ！　いるだろ、魔法で戦えるやつが！」

そんな感じで、お客様の中に魔術師の方はいませんかー？　の流れになっていた。

慌ただしい乗組員達の様子をぼんやり眺めながら、リクスは物思う。

(魔術師は世界一潰しが利《き》く職業。中には、当然、戦闘関連の仕事もある……まぁ、俺は将来、そんなのやるつもりないけどな！)

それはさておき、とりあえずはあの海魔をなんとかしなければならないだろう。

巨大イカの餌は、さすがに嫌だ。

リクスは、ランディとアニーを振り返る。

そして、ファイト！　と、言わんばかりに良い笑顔で親指を立てて言った。

「よし。出番だぞ、君達！　アレを魔法でやっつけてくれ！」

すると、そんなリクスへランディが吠《ほ》えかかる。

「じょ、冗談じゃねえ！　お前のような特別なやつとは違って、俺達はまだ魔法は使えねえんだよ！　〝スフィア〟を開いてねえんだから！」

「……スフィア？」

キョトンとするリクスへ、アニーが震えながら続ける。

「うん……多分、この船に乗り合わせた新入生の多くが、まだ魔法を使えないと思う……それに……たとえ使えたとしても……」

船に接近してくる恐るべき海魔を、アニーはちらりと見る。

それは偶然か意図的か、海魔の目玉がギョロリと動き、アニーと目が合ってしまう。

「ひっ……」

たちまちアニーは真っ青になり、そのまま自分の肩を抱いて、涙目でカタカタと震え始めてしまった。

「そうか……確かに戦えないよね、キモいもの。

くっ！　せめて、見た目が可愛《かわい》ければ……ッ！」

「違う！　そういう問題じゃない！」

こんな状況でも、リクスへの突っ込みを忘れないランディであった。

そして案の定、甲板上の他の新入生達もパニックに陥るだけで、立ち向かおうとする者は一人もいないようだった。

そうこうしているうちに、船に肉薄した海魔が触手を振り上げ──船の甲板へ叩《たた》きつけるように振り下ろした。

と、その時だった。

アニーとランディは見た。見てしまった。

「あっ！」

「あの子……ッ！」

反対側の甲板のへりに、一人の少女が取り残されている。

白い髪が印象的な少女だ。

目前に迫り来る海魔の姿に、呆然自失《ぼうぜんじしつ》しているのだろうか？

少女は逃げようとも隠れようともしていない。

そんな少女の頭上に、海魔が振り下ろした触手が落ちてくる――

「おい！　そこのお前！　危ねえぞ！」

「に、逃げて！」

そんなランディとアニーの叫びも虚《むな》しく。

巨大な触手が、少女のいた場所へ無慈悲に叩きつけられようとしていた――

――その時だった。


斬ッ！


突然、切断された触手が空を舞って、明後日《あさって》の方向へ飛んで行く。

そして、船から離れた海面に盛大に着水し、沈んでいく……

「えっ!?」

「なっ……」

見れば、白い髪の少女の前に、抜き身の剣を振り抜いたリクスの姿があった。

海魔から少女を庇《かば》うように立っている。

「り、リクス君⁉」

「あ、あれぇ⁉　あいつ、いつの間にあんな所に⁉」

アニーとランディは驚きの表情で、今、リクスがいる場所と自分達のいる場所を見比べる。

どう見ても結構な距離がある。決して一足で行ける距離ではない。

なのに、今の今までここにいたのに、気付けばもうあの場所にいた。

しかも……状況から察するに、剣の一撃で海魔の触手を斬り飛ばしたらしい。

「嘘《うそ》……一体、どうなっているの……？」

「まさか……ひょっとしてこれが、あいつの魔法なのか⁉」

「空間転移魔法に、剣への強力な付呪魔法……どっちも凄《すご》いレベルだよ⁉」

「特待生は伊達《だて》じゃねえってことか！　凄《すげ》えよ、リクス！」

そんな風に盛り上がる二人の前で。

（いや……普通に駆け寄って、普通に剣で斬っただけなんですけど……？）

なんだか微妙な気分になるリクスであった。

実際、リクスは魔法なんて欠片《かけら》も使ってない。というより使えない。

剣も、最近、適当な武器屋で新しく買い換えた普通の剣だ（以前の剣は、人や魔物の血と脂で真っ黒に汚れてて、人前で見せるのはさすがにちょっと恥ずかしかった）。

だから、いつも通りやっただけだ。

（まぁ、今はそんなことより……）

ちらり、と。リクスは背後を振り返る。

そこには、白い髪の少女が相変わらず、ちょこんと立っていた。

奇妙な少女だった。

燃え尽きた灰のような真っ白な髪。穢《けが》れ一つない雪も欺く白い肌。切れ長のアイスブルーの瞳はまるで氷のようだ。

だが、少女はどこも見ていない。少女を助けたリクスの姿も、たった今、彼女の命を奪おうとした海魔の存在すらも。

彼女の瞳が湛《たた》える光は、無限の虚無色だ。

彼女は、怯《おび》えて竦《すく》んでいたのではなかった。

ただ、興味がなかったのだ。海魔も、自分の命すらも。

（な、なんなんだ、この子は……？）

異様な在り方の少女に、さしものリクスも背筋を走る薄ら寒いものを禁じ得ない。

だがそれ以上に、それを超えて——少女は美しかった。息を呑《の》むほどに。

まるで妖精のような可憐《かれん》な美貌。清楚《せいそ》さと艶美さを併せ持つ身体《からだ》のライン。

飾りっ気など何一つないのに、少女はあまりにも芸術的に完成されている。

何も見ていない虚無の視線を虚空《こくう》に彷徨《さまよ》わせながら、吹き流れる潮風が白い髪を嬲《なぶ》るままに任せている……そんな佇《たたず》まいだけで一枚の絵画となる。

人の手で触れがたい、神聖不可侵の魔性の硝子《ガラス》細工……それが彼女だ。

「大丈夫か、君」

いつまでも、その少女を眺めていたくなる衝動に駆られるが、そこは歴戦の傭兵《ようへい》。

リクスは思考をカチリと戦闘モードに切り替えて、少女から視線を切り、目の前で苦痛にのたうつ海魔に向き直る。

「危ないから下がっててくれ」

リクスがそう警告し、眼前の海魔に集中しはじめた、その時だった。

リクスは聞いた。少女の呟《つぶや》きを。

はっきりと、確かにこう呟いたのだ。

「……余計なことを」

どこか退廃的で疲れきった、この世界の全てを諦めたかのような呟き。
（えっ？）
どういうことだと、リクスが思わず振り返りたくなっていると。

業ッ！

突如、眼前の海魔が、猛烈な火勢の炎に包まれていた。
炎は渦を巻いて、海魔を焼いていく。
船を触手で搦《から》め捕って沈めようとしていた海魔が、海面で激しくのたうち回る。
不思議なことに、燃える身体を海水に浸しても、炎はなかなか消える気配がない。
消えない炎をなんとか消し止めようと、海魔は船そっちのけで暴れ回っていた。
（なんだ⁉）
叩きつけられる熱気と熱風に、リクスが微《かす》かに目を見開いて警戒していると。
「むぅ、残念じゃ……一番槍《いちばんやり》は取られてしまったか」

いつの間にか、リクスの隣に新たな少女が並び立っていた。

燃えるような赤く長い髪、勝ち気そうな真紅《しんく》色の瞳。

すらりと伸びるしなやかな手足、肢体には一切の無駄がなく、まるで獲物を狙う猛獣のような肉体美すらある。

「ここは華麗に余の武威を、広く世界に知らしめる機会だと思ったんじゃがの」

（あ。結構、できるな、この子）

歴戦の少年傭兵リクスをして一瞬でそう思わせる、隙のない佇まい。

何より美しい。それに尽きる。

どこか野性味を感じさせるが、野蛮さは一切なく、その高貴さを隠せぬ美貌には、生き生きとした精気と自信が満ちあふれている。

たとえるなら、血統書付きの美人猫。白い髪の少女の美しさを無機質な芸術品とするならば、この赤い髪の少女の美しさは溢《あふ》れ出る生命力であった。

身につけている数々の装飾品や、高級な旅行用ドレスから察するに、どうやらこの少女は、どこぞの高貴な家の娘のようだ。

そんな少女が、火の粉を纏《まと》う豪奢《ごうしゃ》な細剣《レイピア》を提げ、リクスの隣に立っていた。

「しかし、この海魔に立ち向かう気概のある猛者《もさ》が、余以外にいようとは……褒めて遣わす。ふふん、褒美《ほうび》に名乗りを許すぞ、そこな少年」

そんな不敵な笑みを浮かべて、優雅に細剣《レイピア》の切っ先を海魔へ向ける少女へ、リクスはあっさり答えた。

「いや、別にいいです」

「そ、そこは素直に名乗るべきとこじゃろ⁉　今、汝《なれ》、わりととんでもない名誉を賜ってるとこなんじゃぞ⁉　めっちゃ凄いんじゃぞ⁉　マジで！」

「えー？　別に名誉じゃご飯食えないしなぁー……つーか、君、誰？」

「ぐぬぬ……余の顔を知らぬ上に、先に名乗らせる痴《し》れ者がおるとは……ッ！　まぁ良かろ！　器の雄大さを示すのも上に立つ者の定め！

心して聞くが良い！　そして、その魂に牢記《ろうき》せよ！

余の名は、セレフィナ＝オルドラン！　かの《紅炎姫《こうえんき》》その人よ！」

そんな風に、得意げにドヤ顔をする少女——セレフィナだったが。

「結局、誰？」

「ええええ⁉　余のこと、知らないの⁉」

リクスの素っ気ない返しに、がーん、と涙目になるのであった。

「ううう……余って、結構、有名だったと思うんだけどなぁ……今まで名乗って知らなかった人いなかったんだけどなぁ……」

と、その時だ。

「あ、あなたが、あのセレフィナ＝オルドラン姫殿下なのですか⁉」

「うっそだろ、マジか⁉」

背後からアニーとランディの素っ頓狂な声が上がった。

振り返れば、二人がいる。

どうやら白い髪の少女を連れて行くために近づいていたらしい。二人は未《いま》だ動こうとしない少女の腕を掴《つか》んでいた。

「セレフィナ＝オルドラン……知っているのか⁉　アニー！　ランディ！」

「ああ、当然！　つーか、お前はなんで知らないんだよ⁉」

「あの世界最強の軍事大国、オルドラン帝国の第三皇女様だよ⁉　若くして帝国の軍事・政治・外交、様々な方面で活躍してる世界的有名人だよ⁉」

「今年、新入生としてエストリア魔法学院へ入学するとは聞いていたが……ッ！」

と、そんな恐れ多いとばかりのアニー、ランディに。

リクスはこう言った。

「あー、オルドラン帝国かぁ……あそこ、金払い悪いから嫌いなんだよなぁ……豊かなくせに妙にケチ臭いっていうか……上の人間の性根がケチなのかな？

どう思う？　セレフィナ」

「そろそろ汝《なれ》を斬ってやりたいと思う」

ビキビキとこめかみを震わせながら、セレフィナがリクスの首筋に細剣《レイピア》を突きつける。

ハラハラあわあわするアニーとランディ。

「ええい、まあ良い！　許す！　今はそれどころじゃないしの！」

ぷんぷんむくれながら、セレフィナがリクスから視線を外し、海魔に向き直る。

海魔はちょうど、全身を焦がす炎をようやく消し止めた所らしい。

だが焦げたのは体表のみ。中途半端《ちゅうとはんぱ》にダメージを与えたせいで激高したらしく、最早《もはや》、逃すまいとばかりに船を睨《にら》み付け、触手をぐねぐね動かし始めている。

このままでは、船が触手に搦め捕られて海の底に沈められるまで時間の問題だ。

「俺はベッドの上で孫達に囲まれて死ぬと決めている。海の底で死ぬのは嫌だ。やるしかないか……共闘、期待していいんだよな？　セレフィナ」

「むぅ～」

すると、セレフィナが不満そうに、拗《す》ねたように唇を尖《とが》らせた。

「な、なんだよ……？」

「むむぅ～、余は……余は名乗ったぞ？　さすがに名乗りに対して名乗り返すのは、身分出自問わず万国共通の礼儀じゃろ？」

「あっ、そっか、ごめん！　俺はリクス。リクス＝フレスタットだ」

「リクスか。ふむ……良き名じゃ。覚えたぞ」

「えっ⁉　どこが良いと思ったの⁉　わりと平民によくある没個性な名前だよ⁉　君のセンス、大丈夫⁉」

「社交儀礼！　社交儀礼！　ええい、汝《なれ》と話していると調子狂うな⁉

とにかく、余と汝《なれ》で彼奴《きゃつ》を倒すぞ！　余には成すべき事がある！　こんな所で斃《たお》れるわけにはいかぬ！」

「ああ、俺も同じ思いだ。とりあえず、先に魔法学院の入寮先へ送った荷物の中のエッチな本を処分するまでは、死ぬわけにはいかないよな⁉」

「汝《なれ》と一緒にすな！　いい加減、不敬罪で斬るぞ⁉」

同志を見つけたような真剣な表情で見つめてくるリクスに、セレフィナが顔を真っ赤にして吠《ほ》えかかる。

「と、とにかく……戦うなら気をつけてくれよ、リクス！　姫殿下！」

「ご武運お祈りしてます……ッ！」

ランディとアニーが、こんな状況でも無反応な白い髪の少女を強引に連れて、下がっていく。

こうして、急造凸凹コンビの戦いが始まるのであった──


海魔クラーケン。

圧倒的な巨軀《きょく》、圧倒的な怪力を持ち、有史以来、遭遇する船乗り達を恐怖と絶望の海底へと叩《たた》き落とし続けてきた、強大なる海の魔物。

だが、その怪物の唯一の誤算と言えば……今回、獲物と定めた船に、リクスとセレフィナの二人が乗り合わせていたことだろう。


「はぁあああぁぁぁ──っ！」

セレフィナが裂帛《れっぱく》の気迫と共に細剣《レイピア》を掲げる。

すると、その細剣《レイピア》の刀身から、紅蓮《ぐれん》の灼熱炎《しゃくねつほのお》がとぐろを巻くように湧き起こる。

その圧倒的火勢。熱量。立ち上がる巨大な火柱。

そして、その炎は渦を巻き、嵐となって、海魔に襲いかかる。炎自身がまるで意思を持つ生物であるかのように動き、海魔の体表を舐《な》め尽くしていく。

「%#%&'%$#!"#$'?><#'$%#~ッ!」

これは堪《たま》らぬとばかりに海魔が巨大な触手を振り上げ、セレフィナへ振り下ろす。

だが、セレフィナは慌てず、焦《あせ》らず——

「させぬ!」

再び、細剣《レイピア》を優雅に振るう。

刀身から発せられる、幾つもの火球。

それが、迫り来る触手に着弾し、次々と大爆発を引き起こす。

巻き上がる爆炎が、触手を弾《はじ》き飛ばしていく。

セレフィナの炎の魔法が、海魔を完全に圧倒していた。

「す、凄《すご》い……やっぱりセレフィナ姫殿下は、もうスフィアを開いているんだ……」

「しかも、詠唱破棄まで……皇女様は伊達《だて》じゃねえってことか!」

アニーとランディが、目を丸くしてセレフィナの立ち回りを遠巻きに見つめている。

そして、それはアニーやランディだけではない。

「あの御方が、あのセレフィナ＝オルドラン……？」

「僕達と同じ新入生だというのに、格が違いすぎる……」

「なんていう強さだ……ッ！　それに、美しい……ッ！」

「か、格好いい……ッ！」

甲板上にいた他の新入生達も、憧れるようにセレフィナへ熱い視線を送っている。

「…………」

ただ、白い髪の少女だけが、興味なさげに関係ない海を見つめていた。

とはいえ、概《おおむ》ねその場の者達の注目を集めているセレフィナは有頂天だった。

「ふふん。炎は余のもっとも得意とする魔法じゃ。もっと、褒めよ。讃《たた》えよ」

ドヤ顔で胸を張るセレフィナ。

だが、それは実戦経験の少なさが生み出す〝余分〟だった。

海魔が、セレフィナの死角から、不意に触手を繰り出してきたのだ。

大気を引き裂き、唸《うな》りをあげて、強烈な触手の一撃がセレフィナへ迫る。

「……むっ⁉」

咄嗟《とっさ》に、セレフィナは細剣《レイピア》に炎を纏わせ、迫り来る触手を斬り捨てようと一閃《いっせん》する。

激しく交差する細剣《レイピア》と触手。

だが、細剣《レイピア》の刃《やいば》は触手に僅か数センチ食い込むだけだった。

「うぬぬ……硬い……ッ！ 重い……ッ！」

振り下ろされた触手を、両手で頭上に掲げた細剣《レイピア》で受けとめる形となったセレフィナ。

すでに身体強化魔法を使えるセレフィナは、魔力を込めて触手を押し返そうとする。

だが、いくらなんでもセレフィナと海魔では根本的な地力が違う。

海魔が触手にさらなる力を込めて、そのままセレフィナを押し潰そうとするが——


斬！ 斬！ 斬！


突然、その触手が四つに輪切りにされて、四方八方へと飛んで行く。

「……ッ!?」

「セレフィナ！」

リクスだ。横から疾風《はやて》のように割って入ったリクスが、剣で触手を切断したのだ。

そして、そんなリクスへ向かって、海魔が左右から挟むように触手を繰り出す。

巨体を感じさせない凄《すさ》まじい速度。その挙動はまるで霞《かす》むようだった。

だが、それを上回る速度と反応で、リクスが動く。

「ふ――ッ！」

左から迫り来る触手を上下二枚におろし、右から迫り来る触手を前転跳躍と同時に、剣で根元から寸断する。

残像すら置き去りにする、まさに一瞬の攻防。

あっという間に海魔の触手を処理したリクスが、セレフィナを背に庇《かば》うように立つ。

そして、剣を油断なく構え直しながら言った。

「凄いな、君の炎。頼もしいじゃないか」

だが、そんなリクスの賞賛は、その時のセレフィナの耳には届いてなかった。

「セレフィナ？」

見れば、セレフィナが、目をぱちくりさせながらリクスを見ている。

やがて、何かに気付いたように、リクスが寸断した触手の残骸へ視線を移す。

そして、何を思ったか、その細剣《レイピア》にさらなる炎を漲《みなぎ》らせ、その触手の残骸へと思いっきり振り下ろす。

ざく！　確かに刃はさっきよりは触手に深く食い込む……が、切断には到底至らない。

その事実を確認し、セレフィナはニヤリと笑った。

「やれやれ、世界は広い。上には上がいるものじゃな」

「ん？　何か言ったか？」

「ふ……無理を押して学院にやってきた甲斐《かい》があったということじゃ」

「？？？」

嬉《うれ》しそうなセレフィナの言葉に、リクスはキョトンとするしかない。

「さすが、特待生だね……」

「……リクスのやつ……マジで何者なんだ……？」

アニーも、ランディも、改めてリクスの力に驚いている。

「なんなんだ、あの馬鹿げた身体強化魔法は……ッ!?」

「それに、あの付呪魔法……ッ！　一体、どれほどの魔力を剣に込めて……ッ!?」

「ば、化け物か、あいつは……ッ！」

その他の新入生達も、セレフィナの時以上に空いた口が塞がらないようであった。

そして。

「……剣士……」

一体、何が琴線に触れたのか、白い髪の少女が、リクスを見ている。

今の今まで、何に対しても、自分の命に対しても興味なさげだった白い髪の少女が、なぜか剣を構えるリクスを流し見ていた。

「とにかく、だ！　あんまり長引かせるとこの船が保《も》たない！　一気にケリをつけるぞ、セレフィナ！　君の炎で、やつの動きを封じてくれ！」

「やれやれ、余を引き立て役にするとは、この不埒者《ふらちもの》め。まぁ、良い！　許す！」

こうして、再びリクスとセレフィナが戦い始める。

セレフィナが次々と炎を巻き起こし、海魔を焼いていく。

蛇のようにうねる炎で、海魔の身体を縛り上げていく。

そして、リクスは動きを止めた触手を足場に、海上を跳ね回り——海魔の胴体へ猛烈な斬撃を次々と決めていく。

上がる海魔の苦悶《くもん》の絶叫。

この船にいる者は自分の餌ではなく、逆に自分を狩る捕食者である——海魔がようやくそれに気付いた時は、もう遅い。

「はぁああああああああああ——ッ！」

セレフィナの炎が渦を巻いて、行く手を阻《はば》む触手を焼き払って。

「よし、これで！」

天空より舞い降りるリクスの剣が、着地と共に海魔の急所——目玉と目玉の間を貫く。

上がる海魔の断末魔の声が、大気を震わせる。

数多《あまた》の船乗り達の恐怖と絶望の象徴たる海魔は、ゆっくりと海底へと沈んでいくのであった――――。

そして、全てが終わった後で。

「うおおおおお！　リクス、お前は俺の命の恩人だぁあああああ――ッ！」

「リクス君、ありがとう！　本当にありがとう！」

「おおっと⁉」

リクスは、涙ぐんだランディとアニーに左右から抱きつかれ、目を白黒させていた。

周囲の新入生達や、船長、乗組員達も、良かった、助かったと抱き合って、泣きながら大喜びをしている。

（あれ？　そう言えば、あの子は……？）

ふと、未《いま》だ名前も知らない白い髪の少女のことを思い出し、リクスはランディとアニーの二人からもみくちゃにされながら、キョロキョロと顔を動かす。

すると。

「…………」

白い髪の少女が、甲板下の船室階層へと向かう階段を、ひっそりと下っていく背中が目に入った。

その場の歓喜の喧噪《けんそう》など、まるで興味ないと言わんばかりに。

あるいは——その場から逃げるように。

別に、リクスはお礼を言われたり、喜ばれることを期待していたわけじゃない。

別に、フラグが立つみたいなことを期待していたわけじゃない。

(はい、ごめんなさい、嘘《うそ》です。実はちょっと期待してました。男の子だもの)

まぁ、それはさておき。

本当に、さておき。

「……変な子だなぁ」

そんなことを思いながら、リクスはその去りゆく背を見送るのであった。

————。

「お疲れ様です、殿下。実に見事な活躍」

セレフィナの元へ、彼女の従者——メイド服姿の女性が影のようにやって来る。

だが、従者のねぎらいの言葉に、セレフィナはどこか拗《す》ねたように口を尖《とが》らせた。

「むぅ～、世辞は良い。どこをどう見ても、余はオマケじゃったろ」

「あはは、ですねぇ」

「そこは嘘でも、余の方が凄《すご》かったと言ってくれぬかのう⁉」

がーん、と涙目になるセレフィナ。

だが、すぐに真剣な表情となり、従者に密《ひそ》かに告げる。

「じゃが、収穫はあった。……わかるな？」

「ええ。少々のお時間を。あの少年……特待生リクス＝フレスタット。徹底的に調べ上げてみせましょう」

「うむ。頼むぞ」

セレフィナが不敵に頷《うなず》く。

「彼奴《きゃっ》……余をさしおいて特待生に選ばれるだけのことはある。

余の覇道に必要な男と見た……余が、祖国オルドラン帝国を牛耳《ぎゅうじ》り、この世界を手中に収めるためにな。

彼奴《きゃっ》の力は、余の果てなき闘争の行程で、必ずや余の助けとなろう。

なんとしても、在学中に彼奴《きゃつ》を余のものとする。そのためには手段を選ばぬ。ククク」

「おや、これはまた随分と珍しい。殿下がそこまでおっしゃられるとは。

その惚《ほ》れ込みよう……どうやら、余程、彼のことを気に入られたようですね？」

「なっ⁉ べ、別に、彼奴《きゃつ》のことが好きになったとか、そんなんじゃないからな⁉

誰かに守られる経験が初めてだからと、ちょっと、ときめいちゃったわけでは断じてないからな⁉ あ、あくまで部下！ 配下！ 手駒としてな――ッ⁉」

「殿下、チョロ過ぎません？」

顔を真っ赤にして慌てふためき、手をブンブンするセレフィナを、従者はジト目で見つめるのであった。


――――。


一方――リクス達の船から、かなり離れた沖にて。

海面に、黒いローブに身を包みフードを深く被《かぶ》った人影が立っていた。

何の支えもない。水の上に直接立っているのだ。

その異様な人影は、静かに舌打ちをした。

「……まさかの結果に終わってしまったか」
人影は、くるりとその場で踵《きびす》を返し、海面を歩き始める。
やがて、蜃気楼《しんきろう》のようにその姿が揺らいでいく。
「まぁいい。少々、先走り過ぎたきらいはある。
焦《あせ》る必要はない。そういうことなら対処はいくらでもできる。
時間もいくらでもある……あの学院の中なら、ね」
そんなことを誰へともなく言い残して。
その人影は、完全に消えていくのであった。

――――。

戦いの道から離れたくて、平和な人生を歩みたくて、魔術師を目指すリクス。
だが、すでにその計画には早くも暗雲が立ちこめていることに、当のリクスはまだ、
欠片《かけら》も気付いていないのであった――

第二章　エストリア魔法学院

エストリア公国が全域統治する、小規模大陸とも呼べる島――ローディス島。

リクスを乗せた船は、そのローディス島は東端にあるリバール半島から、内陸側にあるオース湾へと南から回り込み、大都市の港へと到着する。

この大都市こそ、エストリア公国首都――公都エストルハイムだ。

その都市の雰囲気は、質実剛健で飾り気のない重厚さが尊ばれるオルドラン帝国や、伝統貴族主義丸出しの華美で古臭いフォルセウス王国とは違う。

まさに、時代の最先端。

格子《こうし》状に整備された街路に沿って、尖塔《せんとう》、アーチ型、鋭角の屋根を多用した家屋や建物が立ち並ぶ。それらはどれも豪奢《ごうしゃ》で芸術的でありながら、洗練された雰囲気がある。

この公都エストルハイムは、主に以下の四つの地区に分かれている。

まずは南の商業地区。大陸と公国を結ぶ玄関口たる港や、冒険者ギルド、繁華街などもあり、四六時中活況を呈する、夜を知らない街である。

次に東の一般住宅街。広場や自然公園も多くあり、南区と比べれば落ち着いた雰囲気である。

さらに北の行政地区。エストリア公が居住するエストランド宮殿と、貴族達のタウンハウス、各国の大使館、各行政庁舎などがあり、エストリア公国の行政機能の全てがこの地区に詰まっている。街の造りや雰囲気も、さらに洗練されて華麗だ。

そして、そんな大都市の喧噪からやや離れた西区の郊外にエストリア魔法学院はある。

エストリア魔法学院は、三年制の全寮制魔術師教育機関であり、世界最先端の魔法研究機関だ。

これも何かの縁ということで、リクスは、アニー、ランディと同行し、学院へと向かう。

近場の学生街から定期的に行き来している駅馬車を使って、左右を静かな森に挟まれた通学路を延々と進み、ようやく学院正門前へと辿《たど》り着いていた。

「ここが、エストリア魔法学院か」

豊かで美しい自然の中、周囲を大きく城壁で切り取った広大な学院敷地《しきち》内に聳《そび》え立つ、まるで城のように巨大な校舎が、リクス達を出迎えていた——

――――。

見上げるほど高く豪華な城壁門を抜けると、リクス達は前庭で待ち構えていた案内役の先輩生徒達に案内され、校舎内を歩いて行く。

学院校舎は基本的に石造りであり、その内装は貴族屋敷《やしき》のように豪華だ。

やがて、リクス達は学務室へと通される。そこで一旦、リクスはランディやアニー達と別れ、入学や入寮に関する諸処の手続きを個別に行った。

手続きが終わると、リクスは白を基調としたローブを支給され、それを纏《まと》って大ホールへ向かうよう係の者から指示される。

案内図を頼りに、迷路のような校舎内を歩いて行くと、やがて大ホールに辿り着く。

宴会や集会で使われる場所なのだろう。天井が高く広々とした豪奢な空間だ。

そして、その大ホールには、リクスと同じく新入生だと思われる生徒達が、すでに大勢集まっていた。

総勢、およそ百二十名ほどだろうか。

リクスと同じく白を基調としたローブを纏う者、青を基調としたローブを纏う者、赤を基調としたローブを纏う者……三色のローブに身を包む生徒達が、それぞれ大体、四十人前後ずついる。皆、ローブの色ごとに分かれて群れ固まり、談笑していた。

「おーい！　リクス！　こっちだ！」

「リクスくーん！」

不意に声をかけられてリクスが振り返ると、そこにはランディとアニーが手を振ってい
た。二人とも、リクスと同じく白を基調としたローブを纏っている。

「へっ！　お前も《白の学級》だったのかよ！」

「ふふっ、三年間よろしくね！」

どこか嬉《うれ》しそうな表情で、ランディとアニーがそう言うが、当のリクスはキョトンとす
るしかない。

「なんだよ？　お前、知らないのか？　この学院は《白の学級》、《赤の学級》、《青の学
級》の三学級に分けられていて、授業もその学級ごとに行われるんだぞ？

学生の間、俺達が暮らす寮も、その学級ごとに分けられてる」

「あはは、さすがに寮内は男子用と女子用の階層で分けられているけどね……でも、同じ
学級に所属している生徒は、必然的に共にする時間が格段に増えるよ」

「なるほど……ローブの色で学級や所属寮がわかるようになっているのか」

と、ここで難しい顔になるリクス。

「しかし、白かぁ……白の学級かぁ……うーん……」

「どうした？　何がそんなに引っかかるんだよ？　俺達が一緒じゃ不満か？」

「いや、むしろ嬉しいよ。ただ、どうせなら《赤の学級》が良かったなぁって」

「はぁ？　なんでだ？」

「だって、白って目立つじゃん？　返り血」

「…………」

「…………」

ドン引きのランディとアニーに、リクスが嬉々《きき》として続ける。

「ほら、赤だったら多少は、ね？」

「な、何が多少は、ね？　なんだろう……？」

「お前って、なんでいちいち発言が物騒で殺伐としてんの？」

と、その時だった。

「ふふん！　汝等《なれら》、しばらくぶりじゃのう！」

そんな三人に、やたら明るく偉そうな声が浴びせかけられる。

振り返るまでもなく、その声の主はセレフィナであった。

リクス達と同じ白のローブを纏い、腕を組んで、威風堂々不敵に佇《たたず》んでいる。

「ひ、姫殿下⁉」

「セレフィナ様⁉　え、えっと、ご機嫌いかがでしょうか？」

慌てて、居住まいを正そうとするアニーとランディ。

そんな二人へ、セレフィナは言った。

「ふっ……敬称も敬語も要らぬ。今の余は皇女ではなく、ただのセレフィナじゃ。汝等《なれら》と同じく、魔道を修めんと邁進《まいしん》する一人の学徒じゃ」

「そうそう。俺達、同じ学生なんだから、変な気負いや気遣いなんて無用だろ？」

馴《な》れ馴《な》れしくセレフィナへ腕を回して肩を組み、良い笑顔で親指を立てているリクス。

「な？　セレフィナ」

「汝《なれ》は、もう少し気遣うべきと思うがな……まぁ、良い。許す」

セレフィナは、ジト目で頰を引きつらせるのであった。

「あの……セレフィナさんも、私達と同じ《白の学級》だったんですね……」

「うむ。本音を言えば、この余に相応《ふさわ》しき高貴な色彩たる《赤の学級》が良かったんじゃがの……どうやら、白にご縁があったようじゃ。

おかげで汝等《なれら》と、三年間学級を共にすることになった。嬉しく思うぞ」

アニーの言葉に、セレフィナがうんうん大仰に頷《うなず》く。

そして、ランディが何気なく冗談めかして続ける。

「しっかし……あの船で偶然出会った四人が、こうも見事に同じ学級だとさ……何か作為的なものも感じるよなぁ？　なぁんてな」

すると、その瞬間。セレフィナがびくんと肩を震わせて、あわあわと手を振りながら、やたら早口で弁明し始めた。

「ち、違うぞ⁉　余、最初は《赤の学級》じゃったのに、リクスと同じ学級が良いからって、金と権力に物を言わせて《白の学級》にしたとか、そんなことないからな⁉」

「ぷーっ！　そうだよ、何を言ってるんだよ、ランディ！　セレフィナが言ったみたいなことなんか、あるわけないじゃないか！　あはははは」

そんなセレフィナとリクスに。

「……頭が痛くなってきたぜ」

「あ、あはは……なんだか大変な三年間になりそう……」

ランディがジト目でため息を吐《つ》き、アニーが曖昧に笑う。

と、その時だった。

「おい……てめぇ、スカしてんじゃあねえぞ!?」


突然、リクス達とは離れた場所で怒声が上がり、生徒達のざわめきが伝播《でんぱ》する。

振り返れば、関わるまいとぽっかり空いた生徒達の穴の中心に、数名の生徒達がいる。

一人は、リクス達が船で出会った、あの白い髪の少女。その白い髪によく似合う、白いローブを着用している。どうやら彼女も《白の学級》らしい。

そして、そんな少女の胸ぐらを、赤いローブの男子生徒が摑《つか》み上げ、少女へ向かって凄《すご》んでいる。

ランディを上回る上背《うわぜい》に横幅……明らかに何か武術の心得がありそうな、鍛え抜かれた身体《からだ》と佇まいだ。粗野な顔立ちに、人を心底から見下しているような笑みを浮かべ、少女の顔を舐《な》めるように睨《ね》めつけている。

「いいか？　よく聞こえなかったようだから、もう一度言ってやる。

この俺……ゴ、ゴードン＝グ、グ、グローライルが、お前のような卑賤《ひせん》な平民の女を、〝気に入った〟と言ってやったんだぜ？　身に余る名誉だろ？」

「………………」

「だから、今日からお前は俺のものだ。そう決定した。

お前、《白の学級》から《赤の学級》に移れ。

部屋も俺と同じ部屋だ。毎晩、可愛《かわい》がってやる。

何、俺の家の力があれば、その程度の横紙破りは容易《たやす》いもんだ。

お前も嬉しいだろう？　あのグローライルの寵愛《ちょうあい》を受けられるんだからな。

まあ、飽きるまでは飼ってやるさ。へへへ……」

すると、そんなゴードンの取り巻きらしい、同じく赤いローブに身を包んだ二名の男子生徒達も、ニヤニヤと気持ち悪く笑いながら口々に言った。

「ぎゃははは！　ゴードンさぁん、そいつ、俺達に下ろす前に、あんま壊さないでくださいよぉ？」

「そうそう！　せっかくの上玉なんすから！」

「しかし、こいつの顔見ろよ？　ひゅ～っ、こんな別嬪《べっぴん》、見たことねぇや！」

ぐい、と。少女の顎が取り巻きの男子生徒の一人に持ち上げられる。

「まったくだぜ！　こいつと比べると、他の女どもの顔が全員、芋に見えらぁ！」

別の取り巻きの男子生徒が、さわさわと少女の腰や足をなで回す。

あり得ないほどの侮辱。あり得ないほどの屈辱。

だというのに——……

「…………」

少女は無言。無反応。自分を囲む男子生徒達など、まったく見えていないようだ。やめてと拒絶するわけでもなければ、怯《おび》えるわけでもない。虚勢を張って強気に逆らうわけでもない。痛い目に遭いたくないから恭順し、媚《こ》びを売るわけでもない。

ゴードン達が期待していた反応を、白い髪の少女は何一つしない。

ゆえに、さしものゴードン達も、少しずつ苛立《いらだ》ちが募ってくる。

「おい……いい加減、何か言ったらどうだ？　ああ⁉」

と、その時だった。

今の今まで時間が止まっていたかのような白い髪の少女が、不意に口を動かしたのだ。

「……どうでもいい」

「あ？」

「どうでもいいわ。……好きにすれば？」

「「「〜〜〜ッ⁉」」」

そこまで言っておきながら、白い髪の少女の目は、相変わらずゴードン達をまったく映してない。心底、絶望的なまでに興味がないのだ。彼らにも、自身にも。

そして、そんな少女の態度は、ゴードン達の自尊心を逆なでして余りあった。

「いい気になってんじゃねえぞ？　スフィアも開いてねえ、平民の〝愚者〟がよぉ？」

少女の胸ぐらを掴むゴードンの目の危険な光が増していく……

「どこにでもいるものじゃな、ああいうクズどもは」

セレフィナが吐き捨てるように言った。

「最早《もはや》、見るに堪《た》えぬ。先生達を呼ぶまでもない。余、自ら処断してやろう」

「待て」

そんなセレフィナの肩を、リクスが掴む。

「止めるな、リクス」

「だから、落ち着けって。見たところ、君はわりと不器用そうだ。どうしたって、荒事になるだろう？」

リクスが、細剣《レイピア》の柄《つか》を握るセレフィナの手を指さす。

「ここは俺に任せてくれないか？　大丈夫だ、ああいう手合いの扱いには慣れてる」

リクスが自信満々にウィンクする。

「むぅ……汝《なれ》がそこまで言うなら、この場は譲るが……」

渋々といった感じで引き下がるセレフィナ。

すると、今度はランディが警告するように、リクスへ言ってくる。

「リクス、気をつけろ。あいつ、グローライルを名乗ってた」

「ん？　それがどうかしたのか？」

「詳しい説明は省くが、このエストリア公国じゃ結構、力のある魔法の名門貴族だ。余程上手《うま》く収めねえと、今後の学院生活に支障が出るぞ」

「大丈夫、大丈夫！　穏便に済ますから。まぁ、見ててよ！」

そう言うと、心配そうなランディやアニーを残して、リクスは軽い足取りでゴードン達の元へと向かうのであった。


「ったく、てめぇみてぇな生意気女は、痛い目見なきゃわかんねえんだよなぁ!?」

ゴードンが、まったく無抵抗な白い髪の少女へ向かって、拳を振り上げた……まさにその時だった。

「ストップ！　ストップ〜〜ッ！　そこの君達！　暴力は良くない！　暴力は！」

ゴードンと白い髪の少女の間に、リクスが割って入っていた。

「あん!?　なんだぁ!?　てめぇは！」

唐突なる闖入者《ちんにゅう》に、ゴードンの眉がさらに危険な感じに吊り上がる。

そんなゴードンへ、リクスは穏やかな笑みを浮かべながら、真摯に話しかける。

「人間には言葉という素晴らしいものがある。ちゃんと話し合えば、より良き解決を、きっと共に導き出せると思うんだ。だから──」

当然、聞く耳など待たず、ゴードンがリクスを殴って黙らせようとした、その瞬間。

「──死ねぇえええええええええええええええええええええ──ッ！」

それよりも早く、リクスが叫びながら放った渾身《こんしん》の右拳が、ゴードンの顔面に突き刺さっていた。

「ほげぇええええええええええええええええええ!?」

ゴードンがそのまま縦回転しながら吹き飛んでいく。

咄嗟《とっさ》に左右に分かれて、飛んでくるゴードンを避ける生徒達。

やがて、ゴードンの身体は大ホールの壁に叩《たた》きつけられ、床に落ちた。

「ご、ゴードンさん!?」

「野郎ッ！　よくも──」

取り巻き達が慌てて、リクスへと飛びかかる。

「止《や》めるんだ、君達！」

リクスが、右から来る取り巻きを殴り倒す。

「暴力は何も生まない！」

リクスが、左から来る取り巻きを蹴り倒す。

「落ち着いて話し合えば、俺達はきっとわかり合えるはずだ！」

「説得力が何一つねぇえええええええええええ!?」

死屍累々《ししるいるい》と倒れ伏すゴードン達へそう真摯に訴えるリクスに、ランディは半ば義務のように突っ込むのであった。

「おい！　リクス、お前！　穏便に済ませるんじゃなかったのかよ!?」

「えっ？」

すると、リクスはいかにも心外だとばかりに、自分の腰の剣を指さす。

「抜いてないよ？」

「お前の基準はズレてる！」

がしがしと頭を掻《か》きむしるランディ。

「さしもの余も、あそこまでするつもりはなかったぞ？」

ジト目のセレフィナ。

「あわ、あわわ……」

アニーはあわあわとするしかない。

やがて。

「や、野郎ぉ……ッ！　舐めやがってぇ……ッ!?」

思ったよりダメージがなかったのか、ゴードンがよろよろと立ち上がる。

顔を鬼の形相で真っ赤にしている。最早、完全にキレていた。

わりとしっかりした足取りでリクスの前に立ち、リクスを上から睨《にら》み下ろす。

「殺す！　絶対、ブッ殺してやる！」

「ん？　ひょっとして、君、人を殺したことあるのか？　じゃ、俺達仲間だな！」

意外そうに目を瞬《しばたた》かせるリクスの言葉に、ゴードンは一瞬、言葉を失う。

「は？　お、お前……何言って……？」

「案外、俺達、良い友達になれるかもしれない。よろしくな」

そう言って握手を求めて手を差し出すリクス。

とんでもないことを言っているのに、リクスの表情は爽やかと言えるもので。

ゴードンには、それが、そのリクスの顔がなんだか、とても……

「ぶっ殺してやるぅうううううううううううう――ッ！」

己の心にゾクリと生まれかけた、とある感情を否定するため、ゴードンは逆上して魔法を起動する。

そして、その右手に壮絶な稲妻《みなぎ》を漲らせ、リクスに振り下ろそうとした……

まさに、その時だった。


「うむ、そこまでだ！」


ずんっ！

唐突に、リクスとゴードンの双肩《そうけん》に、凄《すさ》まじい重力がかかった。

身体《からだ》が重い。重すぎる。まるで肉と骨でできている身体が、そのまま鉛へとすり替わってしまったかのような、凄まじい重量。重すぎて立ってられない。

「へぶ⁉」

堪《たま》らず、その場にうつ伏せに突っ伏してしまうゴードン。

「……く⁉　これは……ッ⁉」

リクスも、片膝をついて超重力に耐える。

見れば、いつの間にか大ホール奥の壇上に、一人の男性が立っている。

超重力を受けてなお、完全には崩れ落ちないリクスを興味深げに見つめている。

黒いローブにその身を包んだ、美丈夫だ。

長身大柄で骨太な体格。獅子《しし》のたてがみのような金褐色の髪。理知に輝く金色の瞳。

素人目《しろうとめ》にもわかる隙のない佇《たたず》まい。明らかに只者《ただもの》ではないオーラ。

場が落ち着いたのを見て、男が指を打ち鳴らす。

それを合図に、たちまちリクスとゴードンを押さえ込んでいた重力が消える。

そして、男はざわめく新入生一同の前で堂々と言った。

「ほう？」

「私が、エストリア魔法学院学院長、大導師ジェイク゠ドライソンだ！」

男――ジェイク学院長の名乗りに、その場の生徒達にざわめきが走った。

そんな生徒達の前で、ジェイク学院長が大音声《だいおんじょう》で告げる。

「諸君らは若い！　ゆえに若気の至りはあって当然ッ！　むしろ、若いうちにガンガン至るといい！　それこそ若さだ、青春だ！

だが、たとえ若気の至りでも許されぬことは多々ある！　学院内における許可なき魔法戦は、全

その一つが――魔法による生徒同士の私闘だ！　学院内における許可なき魔法戦は、全面的に校則で禁止されている！

破れば厳罰は免《まぬが》れぬだろう！　時と場合によっては退学もあり得る！

とはいえ、本日は初日！　特別に不問としよう！　男子が血気余って殴りあうなど、むしろ可愛《かわい》いものだからな！　うむ、元気があって大変よろしいッ！

それはさておき！　さぁ、定位置につきたまえ、諸君！　これから入学式を始める！

ようこそ、エストリア魔法学院へ！　君達の輝かしい栄光はここから始まるのだ！」

ジェイク学院長は、全身から無駄な熱さを無駄に感じさせる男であった。

だが、本能でわかる。リクスや、セレフィナ、ゴードン……ここにいる生徒達の全てが束になっても、ジェイクには敵《かな》わない。

それほど、ジェイク学院長が凄まじい魔術師だということが、魂でわかる。

「ちっ……」

それを理解したゴードンが舌打ちしながら、《赤の学級》の場所へと戻っていく。

そして、すれ違い様に、リクスへ吐き捨てるように零《こぼ》した。

「命拾いしたな。てめぇ、覚えてろよ？」

「ふっ……九九すら満足に覚えられない俺が、覚えているとでも？」

「それは覚えてろ！」

肩を怒らせて去って行くゴードン。

こうして、その場はなんとか収束するのであった。


────。


入学式それ自体は、特筆するものはなかった。

どこでもよくある定番の式次第を、一つ一つ順当にこなしていくだけであった。

そして、式の最後の締めくくりとして、ジェイク学院長のありがたい話が始まった。

『──で、あるからして！　諸君らは、魔法を習うということの意味と責任を、しっかりと自覚して欲しい！

力ある者には責任があるのだ！　才ある者はその才を世に還元する義務があるのだ！

その力を！　才を！　私利私欲のために振るうなど、あってはならない！

君達には、この学院にいるという時点で力がある！　他者にはない才が溢《あふ》れている！

それをこれからどう研鑽《けんさん》し、どう使っていくか、どんな人生を歩んでいくか！　在学中にじっくりとよく考えるのだ！

諸君等も知っていると思うが、近年《祈祷《きとう》派》と呼ばれる嘆かわしい学閥集団が、この学院内に巣喰《すく》っている！　そう！　かの悪《あ》しき《宵闇の魔王》を開祖と崇《あが》め、安易な力を求めて禁忌の魔法を無責任に追求する、魔術師の風上にもおけぬ連中だ！

諸君等は正しき信念をしっかりと持ち、安易なる誘惑に屈さぬよう――……』

魔法による拡声音響によるジェイク学院長の訓示は、リクスにとっては子守歌も同然、ひたすら眠かった。

まぁ、立ったまま寝るのは傭兵《ようへい》時代から慣れている。

リクスが眠気に耐えかね、完全に意識を落とそうとした……その時だった。

「貴方《あなた》……何が目的？」

不意に隣から声をかけられ、眠気が覚める。

横を見れば……白い髪の少女が並び立っていた。

白い髪の少女の方から声をかけられたのが意外で、リクスが目を瞬かせていると、白い髪の少女はリクスの方を見もせずに続けてくる。

「あの船の時も、私を助けて、恩を着せて。さっきも、私を助けて、恩を着せて。貴方、何が目的？　私に何を求めてるの？　身体？

……別にいいけど？　こんな粗末な身体でよければ、好きなだけ」

「ふっ……見くびるな。俺はそういうの、将来を誓い合った相手としかしない！」

「……ふうん。キモ」

「ぐっ⁉」

少女の言葉には感情がないだけに、やたらストレートにリクスへ突き刺さる。

「身体じゃなければ、何が目的？　弱きを助ける正義感？　強きをくじく優越感？　目立つことによる虚栄心や自尊心の充足？　いずれにせよ、つまらないわね」

「うーん……そんなに複雑な話か？　コレ」

なんかやたら捻《ひね》くれてる少女の物言いに、リクスが頭をかく。

「幸い俺には、それなりの力がある。そして、そんな俺の力の範囲内で助けられる人がいた。だったら、つい助けるのは……そんなに不自然か？」

「…………」

押し黙る少女。

「それに……なんていうか……」

言おうか言うまいか迷って、結局、リクスはこう言うことにした。

「なんか……〝誰か助けて〟って、そう言っているような気がしたんだよ、君が」

その一瞬、よく注視していなければわからないほど微《かす》かに、少女の表情が揺れる。

だが、すぐに虚無の能面に戻り、ぼそりと問い返してくる。

「……何を根拠に？」

「勘だ。わりと良く当たる。お陰で今日まで生き延びた」

そんなリクスのあやふやな答えに、しばらくの間、白い髪の少女が黙る。

壇上では、ジェイク学院長のありがたい話がまだ続いている。

やがて。

「キッモ……」

切れ味抜群の少女の呟《つぶや》きが、その可憐《かれん》な口から漏れる。

ミスリル製の剣でも、ここまでの切れ味はあるまい。

「貴方、マジでキモいわ。キモ過ぎるから、もう二度と私に関わらないで」

「お願い、もう止めてください……戦場で受けたどんな傷より痛いから……」

リクスはブルブル震えて涙目だった。

（はぁ～、もうなんていうか、本当に取りつく島もないな、この子……）

控えめに見なくても、美少女だ。

お近づきになりたい……という下心は確かに否定できないかもしれない。

だが、それをさっ引いても、これから同じ学級で三年間過ごす仲間なのだ。

仲間とは良好な関係を築きたい……それもリクスの紛れもない本心である。

（こりゃ、この子と仲良く学院生活ってのは無理かな……適当に距離取って過ごすしかないか……）

リクスが、そうため息混じりに思っていると。

「シノ。シノ＝ホワイトナイト」

不意に、少女が妙なことを呟いた。

「ん？」

「……私の名前よ。別に覚えなくていいから。

でも、お礼を言う相手に、名乗りもしないのは、おかしいでしょう？」

目を瞬《しばたた》かせるリクスの前で、白い髪の少女――シノが何の感情もなく淡々と続ける。

「〝ありがとう〟。一応、言っておくわ。ただ、それだけ」

リクスを見もせず、そう一方的に言い切って。

シノは、そのまま口を閉じてしまった。

もうリクスに対する興味は完全に失ったと言わんばかりに、その虚無の目を虚空《こくう》へぼんやりと彷徨《さまよ》わせているだけだ。

「…………」

リクスはしばらくの間、所在なげに頭をかいて、シノの横顔を見つめて。

やがて、こう心の中で呟くのだった。

(変な子だなぁ……)

ランディ、アニー、セレフィナが聞いたら、きっと『お前が言うな』と口を揃《そろ》えて言うだろう請け合いなことを思っていると。

『──というわけで、熱く燃えよ！　若人《わこうど》！

全身全霊で青春を謳歌《おうか》するのだ！　悔いのないようにな！』

今、ようやく、学院長の長い話が終わりを告げるのであった──

第三章　スフィア開放

次の日――学院側から指定された最初の特別授業を受けるために校舎を出て、一角の女神像が立っている美しい庭園を横切り、学院敷地《しきち》内を移動している最中に。

「シノ＝ホワイナイトだって⁉　マジか⁉」

リクスと並び歩くランディの素っ頓狂な声が響き渡っていた。

「知ってるのか？　ランディ」

「ああ、お前と同じだよ」

リクスの問いに、ランディが頷《うなず》く。

「俺と同じ？」

「特待生だよ、特待生。つまり彼女も、特別な魔法の才能の持ち主ってこった」

すると、リクスの後ろで、アニーと並んで歩いていたセレフィナが不思議そうに言う。

「でも、妙じゃな？　彼奴《きゃつ》が件《くだん》の特待生なら、あの海魔も、ゴードンとかいうバカちんも、一人でどうとでも対処できそうなものじゃが……？」

「こ、怖かったんじゃないかな？　女の子だし……」

アニーがちらりと、前方を見る。

すると、十数メートル先を行く、白い髪の少女――シノの小さな背中が見えた。

「うーん、怖くて身が竦《すく》んでいた感じじゃなかったかな、俺の見立てでは」

「じゃあなんだ？　なんで無抵抗だったんだ？」

そんなランディの疑問に、リクスが応じる。

「単純に、まだ魔法使えないんじゃないのか？　だって、俺も使えないし」

「はははは、バーカ！　何言ってんだ、お前！」

「まったくじゃ！　冗談はほどほどにせい！　嫌みじゃぞ⁉　くっくっく！」

ランディとセレフィナは、リクスの言《げん》をまったく真に受けていないようだった。

「しっかし、今年の《白の学級》、レベル高《たけ》ぇな⁉

お前にセレフィナ、それにもう一人の特待生のシノときたもんだ！

くそぉ、俺、ついて行けるかどうか不安になってきたぜ……」

「あはは、私もだよ……リクス君やセレフィナさんに、少しでも追いつけるように、がんばらなきゃ……」

「ふふん！　精進するが良い！　何か教えて欲しいことがあれば遠慮なく申せ。学友として、余が手ずから手ほどきをしてやろう！　光栄に思うが良いぞ！」

「ところで、なんで俺、こんなに君らからの評価高いの？　ねぇ？」

そんな話をしているうちに。

彼らの前に、目的地である環状列石《ストーンサークル》の魔法儀式場が見えてくるのであった。


エストリア魔法学院は、三年制の全寮制学校だ。

生徒、つまり学士生は、その三年間で卒業所要単位を取得し、資格試験をパスすることで『エストリア公認四級』——つまり一人前の魔術師を証明する資格を得て、晴れて魔術師として世に出ることが可能となる。

そんな学士生達が、三年間で学ぶ授業科目は、基本的には九種だ。
・身体強化魔法
・黒魔法
・白魔法
・召喚魔法
・魔法薬学

・魔道具製作
・魔法戦教練
・魔法史
・古代語
最終的に、魔術師はそれぞれの専門分野へと進み、独自の魔法を編み出すことになるが、
この九科目はあらゆる魔法の基礎の基礎ということで、三年間みっちり学ばされる。

だが、この九種の科目を学ぶ前に、新入生達が必ず受けさせられる最初の授業がある。

それが——『スフィア開放の儀式』。

〝ただの人間〟が〝魔術師〟となるための、もっとも重要な儀式であった。


——。


「はいはい～、皆さん、心の準備はいいですかぁ～？」

環状列石《ストーンサークル》の魔法儀式場に集合した《白の学級》の生徒達の前にて。

今回『スフィア開放の儀式』を執り行う妙齢の女性導師——アンナ＝ピヨネル先生が、

朗らかに笑いながら手を振っていた。

アンナ先生が纏《まと》うローブは、生徒達のローブとは違い、黒いローブである。

つまり、彼女が資格を持った一人前の魔術師であることの証《あかし》である。

「アンナ先生は、普段は召喚魔法の授業を担当しているそうだ。でも、あらゆる魔法に詳しいオールラウンダーだから、俺達の『スフィア開放の儀式』も任されてるらしい」

「ふーん？」

ランディの説明を、リクスが話半分に聞いていると、アンナが早速、解説を始めた。

「これから、新入生の皆さんのスフィアを開いていきます！

本日の授業はこれだけですので、皆さん、集中してくださいね！

すでにスフィアを開いてる人には少し退屈な時間かもですが、先達者として、後でお手本にスフィアを披露していただきますから、心の準備をお願いしますね！」

「ふふ、リクス。心の準備じゃとよ？」

「必要ないな」

「成る程。さすが汝《なれ》じゃ。あえて構える必要すらないか」

「いや、本当に必要ないだけなんですけど？」

いまいち話が噛《か》み合わず、困惑するしかないリクス。

リクスとセレフィナが、ひそひそ雑談している間に、アンナ先生の解説が続く。

「ところで、学院の試験を合格した皆さんは、知識としてはすでに知っているはずですが……改めて復習の意味も込めて、問いましょう。

スフィアとは一体、なんですか？　はい、そこの……アニーさん」

「あっ！　はい！」

指さされたアニーが慌てて立ち上がり、答える。

「スフィアとは……人間に備わっている通常の五感、予感や直感レベルの第六感を超えたその先の超感覚のことであり、その感覚が及ぶ領域のことです。

いわゆる、第七感、第八感などと呼ばれている感覚です。

より具体的には、生命を構成する三要素『肉体《マテリアル》』、『精神体《アストラル》』、『霊体《エーテル》』のうち、肉体を除いた精神体と霊体……つまり、人間そのものの本質『魂《イデア》』が持っている超感覚のことを指します」

「はい、よくできました—」

ぱちぱちと手を叩《たた》いて、アンナ先生が続ける。

「そう、アニーさんの言うとおりです。

肉体を超えた魂の感覚。これが『スフィア』と呼ばれるものなんですね～。

このスフィアは、肉体という物質界の頸木《くびき》から解き放たれているため、物質界のありとあらゆる物理法則に縛られない状態です。

つまり、魔術師は自身のスフィア領域内において、全能。

スフィア領域内の、ありとあらゆる事象を掌握し、支配することができるのです。

そして、このスフィア領域内の事象の掌握と支配こそが、魔法と呼ばれるもの。

自身のスフィア領域をいかに拡張するか？　スフィア領域の強度をいかに高めるか？

これは、魔術師の生涯における、永遠の課題の一つだと言えます」

（なるほど。まったくわからん）

リクスは理解を放棄した。というか、すでに眠い。

「で、このスフィアなのですが……人間ならば、誰でも当たり前のように持っています。

魂《イデア》がない人間なんて存在しませんからね。

ですが……残念ながら、魔術師としてやっていけるほどのスフィアの持ち主、となると極端に数が少なくなります。

貧弱なスフィアでは、魔法の行使はどうしても覚束《おぼつか》ないですから」

そんなアンナの言葉に、まだスフィアを開いていない新入生達が青ざめる。

「ですが、ご安心を。

新入生の皆さんは、学院の厳正なる適性試験の結果、ここにいます。つまり、ここにいる時点で、魔術師に必要なスフィアの最低限の素質はあるのです。後は皆さんの努力次第、というわけです」

そんなアンナ先生の言葉に、新入生達は皆安堵《あんど》したようだ。

「ほっ……どうやら田舎へ帰らずに済みそうだな……」

ランディもほっと息を吐いている。

「しかし、この魔法の行使に絶対必要なスフィア……通常、人は支配するどころか、見ることも、感じることもできません。なぜだかわかりますか？　ランディさん」

「えっ⁉　俺っすか⁉　ええと……ッ⁉」

いきなり質問を振られて、ランディが慌てて記憶をほじくり返す。

「た、確か……この世界は物質界で……人間という存在は、肉体によって物質界に立っているから……その肉体の五感に邪魔されて、スフィアという肉体を超えた超感覚があることに気付くことができない……でしたっけ？」

「はい、ご名答、よくできました〜」

再びぱちぱち手を打ち鳴らして、解説を続けるアンナ先生。

「そう。普通の人は、自分にスフィアという感覚があることに気付けないんです。

だから、普通の人は、魔法を使えません。

ゆえに、まずは自分にスフィアという超感覚があることに気付くことが、魔術師への第一歩。これが〝スフィアを開く〟ということです。

さて、その肝心のスフィアの開き方ですが……」

と、その時だった。

「フン。アレを使うんですよね？　あのみっともない〝薬〟を」

《白の学級》の生徒達の中から、そんな皮肉げな声が上がった。

発言の主……金髪オールバックの神経質そうな眼鏡の少年に、一同の注目が集まる。

「〝愚者の霊薬〟……そんな薬に頼って魔術師になって、恥ずかしくないんですかね？」

「貴方《あなた》は……アルフレッド君。確かロードストン家の」

「まぁ、名門ですね。ここにいる十把一絡《じっぱひとから》げの連中とは、比べ物にならないほどの。

スフィアもすでに開いてますよ？　……もちろん、自力でね」

そう言い捨てて、アルフレッドは嫌みたらしく眼鏡を押し上げた。

ざわ、ざわとざわめく生徒達。

「あの野郎……ッ！　見下しやがって……ッ！」

頭に来たらしく、ランディも拳を握り固めている。

「…………」

アニーもどこか悲しそうに目を伏せている。

「フン……狭量《きょうりょう》な男よ。余は自力でスフィアを開いたことを、確たる誇りにしておる。ゆえに、〝愚者の霊薬〟の是非などどうでも良いわ」

セレフィナもどこか否定的だ。

（えーと……怒るポイント、どこ⁉）

ただ一人、リクスだけが置き去りであった。

そんな感じで一同が大なり小なり、アルフレッドへ反発感を向けていると。

「確かに、アルフレッド君の言うことにも一理あります」

アンナ先生が宥《なだ》めるように言った。

「元々スフィアとは、長年にわたる厳しい精神修行の結果、ようやく開眼する……そういうものでした。そんな方々からすれば、〝愚者の霊薬〟によるスフィア開放は、ズルをしているように感じられるかもしれません。

ですが、自力で開くやり方は、本当に物心つかぬ幼い頃から修行を続けなければなりません。人は歳《とし》を重ねるほど、目に映る現世という世界観や自身の肉体の限界に縛られて、その固定観念を打破することが難しくなりますから。

そして……子供にそのような修行をさせられるのは、お金持ちの貴族のみ。

これが、長らく魔法が貴族の特権だった理由です」

「………」

「ですが、とある魔術師が開発した〝愚者の霊薬〟のお陰で状況が変わりました。

平民でも、魔術師になるチャンスが増え……結果として、魔術師の数は一昔ほど前とは比べ物にならないほど増えました。

そして、その結果、魔法もまた、一昔ほど前とは比べ物にならないほど、進化・発展を遂げることができたんです。

私達魔術師は、この世界の真理を繙《ひもと》く者。

なればこそ、〝愚者の霊薬〟にも、れっきとした意義があると私は考えています。

どうか、目を瞑《つぶ》って頂けませんでしょうか？」

そんな風に、にっこりと穏やかに微笑《ほほえ》むアンナ先生に。

特に有効な反論もできないアルフレッドはそっぽを向くしかない。

「ふ、ふんっ！　その〝愚者の霊薬〟のせいで、《祈祷《きとう》派》なんていう、物の分別もつかないバカも増えましたけどね⁉

まぁ、好きにすればいいんじゃないですかね⁉　これが学院のカリキュラムなら、僕一人が否定したところでどうにもなりませんし！」

「ふふ、ご理解ありがとうございます。それでは早速始めましょうか」

こうして、一波乱はあったが。

無事に、スフィアを開く儀式へと移行するのであった。

まず、アンナ先生は、その場の全ての生徒達に、不思議な色合いの水薬が入った小瓶を手渡していく。

小瓶を受け取った生徒達は、それを物珍しげに眺めた。

「全員、受け取りましたね？　それが、スフィアを開くための〝愚者の霊薬〟です。すでにスフィアを開いている人も、その薬を使って、改めて自身のスフィアと向き直ってみてください。きっと新たな発見と成長があるはずです」

リクスやセレフィナの手にも、〝愚者の霊薬〟があった。

〝愚者の霊薬〟に否定的だったアルフレッドも、渋々受け取ったようである。

「最初に言っておきますが、それは飲むだけで何かに覚醒するような、そんな都合の良い魔法薬ではありません。

むしろ、その魔法薬は、毒です。下手に扱うと死にます」

「「「〜〜〜ッ⁉」」」

笑顔で恐ろしいことを言われて、浮き足立っていた生徒達が青ざめる。

「それは、マンドレイク油に忘レナ草、シビレ茸、ヒドラ毒、等々、各種魔法素材を調合した一種の麻酔薬でして、服用すれば、肉体の五感が鈍っていきます。

それは即《すなわ》ち、肉体以外の感覚……スフィアを知覚しやすくなるということ。

どうか皆さん、摑《つか》んでください。気付いてください。

今まで皆さんが意識することもなかった、自身に存在する新たな感覚に。

それが皆さんの魔術師としての第一歩なのですから」

アンナ先生が優しく周囲を見渡す。

「とても強い薬なので、まずは指に一滴、垂らして一舐《な》め。

どうしても、スフィアの感覚を摑めなければ、もう一舐め。

皆さんは全員、かなりの資質の持ち主なので、これでスフィアを摑めないことはまずないと思いますが……それでもダメでしたら申し出てくださいね！」

こうして、新入生達が〝人間〟から〝魔術師〟になるための第一歩——スフィアを開く儀式が始まるのであった。

生徒達は、アンナ先生の指示通りに薬を使う。

そして、環状列石《ストーンサークル》の中で大きく円陣を組み、男子は座禅で、女子は正座で、その場に座り込んで目を閉じる。

指示通りに特殊なリズムの呼吸を繰り返し、気を落ち着かせていく。

薬による異変は、すぐに次々と生徒達の身体《からだ》に起きていった。

「せっ、先生……怖いです……ッ！　自分がいなくなりそうで……ッ！」

「お、落ちる……俺の身体がどこかに落ちる……ッ⁉」

「ひっ……あ、うあ……ッ！」

肉体の五感が麻痺《まひ》していく感覚に、次々と戸惑いと悲鳴が上がっていく。

「大丈夫、大丈夫。落ち着いてください。心を乱さないで深呼吸を続けて」

アンナ先生が、そんな生徒達を安心させるように言う。

「間もなく、肉体の五感が一時的に完全喪失します。

自分という存在が、この世界から完全に消えてしまったように感じるはずです。

ですが……そう感じる貴方達は、確実にこの世界に存在しています。

そんな貴方達の意識や心が、一体、何を拠《よ》り所《どころ》に立っているのか？　どこに存在しているのか？　注意深く探ってみてください。

その拠り所こそが……スフィアなのですから」

風が流れる。梢《こずえ》が鳴る音が遠い。

その場は、静寂に包まれていた。

生徒達は、心を落ち着かせ、静かに瞑想《めいそう》を続けている。

五分が経過し。十分が経過し。

一時間……二時間……

だが、肉体の感覚と切り離されたことにより、時間の感覚はあやふやとなって。

まるで無限の時間の中、意識と心が虚空《こくう》を彷徨《さまよ》っているように感じられるようになった

……その時だった。

それは唐突だった。

「あっ！」

瞑想する生徒達の誰かが、不意に何かに気付いたように声を上げた。

それを皮切りに。

「み、見えた……ッ！　見えたぞ……ッ⁉」

「ひょっとして、これが……この感覚が……？」

「ぼ、僕も見えた！　感じた！」

「わ、私という存在は、ここにいたのね……ッ⁉」

「な、なんで今まで、これにまったく気付かなかったんだ⁉」

生徒達が、次々と驚きの声を上げ始める。

そんな生徒達の様子に、アンナは満足げに頷《うなず》いた。

「どうやら、皆さん、摑み始めたようですね。

はい、それでは、摑んだ方から立ち上がって、目を開いてください。

大丈夫、薬はもうとっくに抜けていますから」

生徒達が指示通りにすると。

「「「う、うわぁ……」」」

生徒達は、皆、一様に目を丸くしていた。

そこには、想像を絶するような光景が広がっていたからだ。

「ふふふ、どうでしょうか？　皆さん。

この環状列石内《ストーンサークル》では、スフィアを開いた者なら、肉体的な視覚で自身や他人のスフィアを見ることができますが、いかがでしょうか？

視覚的には、自身を中心とした、光の球体のように見えるはずです。

その球体内において、きっと皆さんは全てを感じているはずです。

光の感触を肌で覚え、音を目で見て、匂いの味を感じたはずです。

球体内の何もかもが、手に取るようにわかるはずです。

それこそが――スフィア。

おめでとうございます。皆さんはたった今、魔術師として歩み始めたんです」

驚愕《きょうがく》に硬直し、人によっては感動のあまり涙すらしている生徒達を、アンナ先生は手を叩《たた》いて祝福するのであった。


「す、凄《すげ》え……こ、これがスフィアかよ……ッ⁉」

「できた……ッ！　私にもできたよ……ッ！　こんな私にも……」

ランディが興奮して大騒ぎし、アニーが涙を浮かべて喜んでいる。

そんな二人へ、セレフィナが話しかけた。

「ほう、なかなか見事なスフィアじゃ、二人とも」

「セレフィナさん！」

「見た所、二人ともスフィア半径は五、六メートルって所のようじゃな？　スフィアを初めて開いてそのサイズは、まぁ、上出来ぞ。誇ると良い」

「そ、そうかな……？」

「ところで参考までに、セレフィナのスフィアってどれくらいの規模なんだ？」

「ふふん、それは論ずるより証《あかし》を見せた方が早いじゃろうな！　刮目《かつもく》するが良いぞ！　これが我が偉大なるスフィアじゃ！」

セレフィナが自信満々に叫んで、大仰に手を振り上げると。


「「「ぉおおおおおおおおおおおおおおおお——ッ⁉」」」

ランディやアニーはおろか、その場の生徒達全員から、驚愕の叫びが上がった。

「な、なんだ、このスフィアは⁉」

「で、デカ過ぎる⁉　半径五十メートル以上いってないか⁉」

「それに、なんて力強い領域……ッ⁉」

「凄い……次元が違う……」

口々に賞賛する生徒達に、セレフィナは完全に有頂天だ。

「ふっふーん。〝愚者の霊薬〟のお陰かのう？　今まであやふやで感覚的に済ませていた部分としっかり向き直ったためか、強度がさらに増したようじゃな」

「ふふ、さすがですね、セレフィナさん。お手本どうもありがとうございます」

「く……くそ、化け物め……ッ！」

そんなセレフィナを前に、アンナ先生が嬉《うれ》しそうに笑い、アルフレッドが悔しげに眼鏡を押し上げる。

――と。

そんな風に、大盛り上がりする一同を前に。

（やばい……皆が何を言ってるのか、全然、わからない……）

リクスは冷や汗をかいていた。

正直に言えば、リクスには何もわからなかった。

いくら薬を使って瞑想した所で、スフィアなんていう意味不明の感覚などサッパリわからなかったし、そもそも、皆が見えているらしいものも、まるで見えない。

皆が大騒ぎしていることにまったく参加できず、疎外感が甚だしかった。

（えーと……これって、ひょっとしなくても拙《まず》いのでは……？）

結局、説明を聞いてもよくわからなかったが、まあ、要するにスフィアという謎の感覚に目覚めなければ、魔術師にはなれないらしい。

でも、リクスはそのスフィアという感覚に目覚める気配はまったくない。

（拙い、拙い、拙い……どうしよう、これ……？）

リクスが戦々恐々としていると。

「はい！　皆さん、全員、スフィアを開き終えましたね！

一度、自身のスフィアの存在に気付き、開いてしまえば、以降、このような薬に頼らずとも自然にスフィアを感じ、開けるようになります！

それでは、本日の授業はこれで終わりといたしましょうか！」

なんか、アンナ先生が授業を〆《しめ》にかかっていた。

このままでは魔術師に必要なスフィアを得られずに終わってしまう。

最早《もはや》、言い淀《よど》んでいる場合ではなかった。

「あ、あのー……」

リクスは意を決して、おずおずと手を挙げた。

「おや？　どうしましたか？　リクス君」

「ええと、その……大変言いづらいんですけど……」

「なんでしょう？」

「俺……スフィアとかいうの、まだ開けてないんですが……どうしましょう？」


しん……


一瞬で、盛り上がるその場が静まり返り、大注目される。

気まずいことこの上ない。

「ええと……薬が足りなかったのかな？　じゃあ、もう一舐《な》めしてから……」

「もう全部消費しました。でも、ぜーんぜん、目覚めません」

「ぜ、全部⁉　よく死にませんでしたね⁉」

リクスが空になった小瓶を見せ、アンナがぎょっとする。

さらに静まり返る一同。

「お、おいおい、リクス……くだらねー冗談はやめろって！」

「そ、そうじゃぞ！　ぶっちゃけ、面白くないぞ！」

頬を引きつらせながら、ランディとセレフィナがそうリクスに突っ込むが。

「…………」

リクスの顔はわりとマジで。

「え、ええと……マジ？」

「マジ。ふっ、どうしようか？」

お手上げとばかりに、リクスは肩を竦《すく》めて。

「「「えええええええええええええええええええええええ──ッ⁉」」」

その場の生徒達の素っ頓狂な叫びが上がるのだった。

「ちょ⁉　お前、マジ⁉　マジでスフィア目覚めてなかったの⁉」

「うっそじゃろ⁉　なぁ、うっそじゃろ⁉

え⁉　じゃあ、何⁉　汝《なれ》、海魔叩き斬ったり、ゴードンのバカちん殴り飛ばしたアレって素《す》⁉　素の身体能力⁉

身体強化魔法とか、付呪魔法とかじゃのうて⁉」

「お前、本当に人間かよ⁉ 正体、魔物とかじゃねえだろうな⁉」

「失礼な⁉」

大騒ぎするセレフィナ、ランディ、リクス。

「そ、そんな……リクス君……」

リクスを心配そうに見つめるアニー。

「す、少しいいですか？」

すると、アンナ先生がリクスへと歩み寄り、リクスの額に指をつける。

そして、しばらくの間、何事かを呟《つぶや》きながら念じると。

「……ほ、本当ですね……リクス君のスフィア……全然、まったく、一ミリたりとも開いてませんね……これはちょっと異常です。

どんなに素質のない人だって、この薬を使えば、数センチくらいのスフィアは開かれるものなんですが……」

アンナの言葉に、生徒達がざわざわとし始めた。

「お、落ち着いてください、皆さん！　落ち着いて！」

アンナがそんな生徒達を宥《なだ》め、一同を見回して告げた。

「リクス君につきましては、私達で対処いたします。

そして、こういう事態が起きた以上、改めて確認のために聞きます。他に皆さんの中で、スフィアが開けてない方はいませんか？　どうか正直に名乗り出てください。皆さんの今後に関わることですので……」

そんなアンナの言葉に、生徒達が隣人を疑うかのようにキョロキョロし始める。

すると。

「…………」

無言で挙手している者がいた。

白い髪の少女――シノだった。

「えっ？　あ、貴女《あなた》も……ですか？　そ、そんな……」

信じられないものを見たように驚愕して呆《ほう》けるアンナ先生に、シノが無言で頷《うなず》く。

そして、さらにざわめく生徒達。

リクスとシノの二人が、鳴り物入りの特待生であることは広く知られている。

それだけに、その二人のスフィアが開かないこの事態に、生徒達の動揺は計り知れなかった。

「た、確かにシノさんのスフィアも、リクス君同様、まったく開いてません……」

リクスと同じように確認し、アンナ先生が困惑の表情を浮かべる。

「ま、マジかよ……一体、どうなってるんだ……？」

「うむ……数年ぶりの特待生二人のスフィアが開かない。なんだか偶然とは思えぬの」

ランディとセレフィナが苦い顔でそう呟く。

「ど、どうしましょう……スフィアが開かないなんて……しかも、それが特待生だなんて……こんな事態は、この学院始まって以来です……

と、とにかく、この件は皆さん、他言無用でお願いします。

私は、学院上層部と、今後の二人について対策を検討しますので……とりあえず、本日の授業はこれで終了といたしましょう。お疲れ様でした」

そんなこんなで。

《白の学級》初の授業は、波乱のままに終了するのであった。

「フン。特待生とやらも大したことないな」

アルフレッドがあからさまに聞こえるように言い捨て、寮へと帰っていく。

その他の生徒達も、リクスとアルフレッドを見比べながら、気まずそうに去っていく。

「はっはっは！　参ったね、こりゃ……」

リクスが、どーしたものかなとため息混じりに頭を掻《か》く。

「り、リクス君、どうか気を落とさないで……アンナ先生はとても凄《すご》い魔術師だよ……きっとなんとかしてくれるから……」

アニーが必死にリクスを励ましている。

対し、ランディとセレフィナはかける言葉が見つからないといった雰囲気だ。

なんとなくそんな友人達に気まずさを覚え、リクスはシノを見た。

「………」

当のシノは、いつも通りだった。

こんな事態になって、なお、彼女は全てに興味がないようだ。

これから自分がどうなろうが興味ないし、どうだっていい。そんな感じである。

「やれやれ……」

魔術師になって、血生臭い世界とは無縁の人生を送る……

その大目標の前途多難さに、さしものリクスも頭痛を禁じ得ないのであった。

第四章　退学の危機

「即刻、退学処分にすべきだ」

ダルウィン＝ストリークの斬り捨てるような声が、学院長室に響き渡った。

ダルウィンは、学院に在籍する導師達の一人。主に『魔法戦教練』の授業を担当している先生である。

黒髪の長髪、全身に闇を纏《まと》ったかのような陰鬱とした雰囲気でありながら、その刃物のような瞳だけがどこまでも冷たく鋭く光っている……そんな男であった。

「この崇高なる学院に、無能は要らん。即刻、リクス＝フレスタット、シノ＝ホワイナイト両名を退学処分とすべきです、学院長」

そう冷酷に言い捨てて、ダルウィンは学院長室へ呼び出されたリクスとシノを冷たい瞳で一瞥《いちべつ》する。

「……ふむ」

執務机についているジェイク学院長は、手を組んで何か考え事をしており。

（ひぃいいい⁉　やばい、やばい、やばい！）

リクスは、蛇に睨《にら》まれた蛙《かえる》のように戦々恐々と硬直し。

「…………」

シノは、やはりこんな状況でもいつも通り興味なさげだった。

スフィアが開放されない。

その事実が判明してから、リクスとシノは、多くの導師達の監修の下、スフィアを開くために、霊薬の調合を変えながら、何度も繰り返し試した。

その他にも、得体の知れないありとあらゆる魔法的手段が試された。

だが、結果としてそれは徒労に終わった。

リクスとシノのスフィアは、ついぞ開かれることはなかったのである。

「これほどやって、スフィアが開かれないとなると、もう確定でしょう。

この二人に魔術師としての素質はない。

エストリア魔法学院の在籍資格は、あくまで魔術師としての最低限の素質――つまり、スフィアを開放していること。ならば、退学処分は自明の理だと思うのですがね？」

「うむ、確かに！　残念ながら、普通ならばそうだろう！」

あっけらかんと応じる、ジェイク学院長の言葉に、リクスは泣きたくなってきた。

だが――

「しかし、彼らは特待生だ！　何か普通ではない特別な魔法の才能を持っていることは間違いないはずなのだ！

それを見出《みいだ》す前に追い出すのも、いかがなものかと思うのだが⁉」

「件《くだん》の魔道具の不具合か何かなのでは？　かなり古いものですしな」

そんなジェイク学院長とダルウィン先生のやり取りに、リクスが目を瞬《しばたた》かせていると。

この場に同席していたアンナ先生が、リクスに耳打ちしてくる。

「特待生の選別はね……毎年、『一角《ひとつの》の女神の指名簿』と呼ばれる特殊な魔道具によって行われるの」

「『一角の女神の指名簿』？」

「そう。その魔道具はね……運命に介入するの。

そのままでは、決して歴史の表舞台に出ることなく、埋もれてしまう運命にある希有《けう》な魔法の才能……『一角の女神の指名簿』は、それを見出して拾い上げる。

その才能が、一体どんな才能なのかまではわからないけど、それは三年間の在学期間中にじっくりと探す……そういう予定だったの」

なるほど、そういう事情があったのか。

リクスは、どうして魔法の〝ま〟の字も関わりがなかった傭兵《ようへい》の自分に、突然、『エストリア魔法学院特別入学招待状』が送られてきたのか、今初めて知った。

（しっかし……だというのに、魔法に必要なスフィアとかいうものが、俺とシノは開かないときたもんだ……故障してたんじゃないの？　その古本っぽいの）

そんなことをリクスがぼんやりと思っていると。

「とはいえ、やはり『一角の女神の指名簿』には、これまでの多大な実績がある！　かの書に選ばれた者は、皆、歴史に名を残す偉大なる魔術師となった！　それを鑑《かんが》みても、今回、書がリクス君とシノ君の二人を選んだ事実は、やはり無視できないだろう！」

「では、どうするのです？　我々で考え得る手段は、もう全て試しました。私は〝愚者〟上がりの魔術師が大嫌いだが、そこは手を抜かない。ゆえに、今後この二人のスフィアが開かれる可能性は絶望的なまでに低いでしょう。そして、スフィアが開かれない以上、この二人は今後、学院のほとんどの授業について来れない。私は、さっさと退学処分にする方が、この二人のためだと思いますがね」

ダルウィンはどこまでも突き放すように冷たかった。

その場に同席していた他の導師達も、概《おおむ》ねダルウィンと同じような意見らしく、同情するような目をリクス達に向けている。

(こりゃあ、いよいよヤバいな……はぁ……短い夢だった……)

リクスが、どよーんと内心落ち込んでいると。

「ふむ、ならば問おう！　君達はどうしたい⁉」

突然、ジェイク学院長が、リクス達に問いかけてくる。

「えっ⁉」

「今後、君達がどうしたいか！　その希望を聞いているのだ！

まず希望的観測はよそう！　多分、君達は無理だ！　あれだけやってスフィアが開かれない以上、魔術師にはなれないと思う！

だが、無駄かもしれない、徒労かもしれない……そんな不安を抱えながら、それでもなお、いつか報われることを夢見て、魔術師を目指すのか⁉

それとも、ここで綺麗《きれい》さっぱり諦めて、別の道を行くのか⁉

君達は一体、どうしたい⁉　君達の素直な希望を聞きたい！」

「……ッ！」

そう問われて。リクスは自身の心の中を見つめ返す。

探すまでもない、すぐに答えは見つかった。

「俺……やっぱり、魔術師になりたいです。そのために、全て捨ててきたんです。諦めきれません」

すると。

「そうか！　ならば君の退学処分は一時保留とする！　ゆめ邁進《まいしん》すると良い！」

ジェイク学院長が即座にそう宣言し、ダルウィンが不服そうに鼻を鳴らした。

「え⁉　そんなあっさり⁉　理由とか目的とか聞かないんすか⁉」

「はっはっは！　必要ない！　そんなものは無意味だ！

価値観は人それぞれ！　他人から見て、どれほどくだらない理由でも、本人にとって真ならば、それは真なのだ！

ゆえに、大事なのは己の意志！　君は意志を示した！　それ以外必要ない！」

するとと、ジェイク学院長は次に、シノを見る。

「さて、シノ君！　君はどうする⁉　君の意志は何を望む⁉」

「…………」

しばらくの間、シノは無言でその場に佇《たたず》んでいたが。

やがて、ぼそぼそと呟《つぶや》き始めた。

「私は――……」

と、その時だった。

「彼女も、俺と同じ思いです！」

なぜか、リクスは反射的にシノの言葉に被《かぶ》せるように叫んでいた。

「！」

はっと微《かす》かに目を見開くシノを余所《よそ》に、リクスが続ける。

「彼女、常日頃言ってました！　魔法が好きだって。ずっと憧れてたって！

だから、彼女も退学なんか望んでないはずです！　まだ諦めてないはずです！」

一体、どうしてそんなことを叫んだのか、リクス自身よくわからない。

だが、こう言わなければ、恐らくシノは――……

すると。

「……私からもお願いします、学院長」

アンナ先生も頭を下げていた。

「シノさんは、あの『一角の女神の指名簿』に見出された生徒……必ずや素晴らしい魔法の才能を持っているはずなんです！

彼女のスフィアは、私が責任を持って開かせてみせます！　だから、どうかよろしくお願いします！」

「ふむ……二人はそう言ってるが？　シノ君」

ジェイク学院長が再び、シノを見る。

すると、しばらくの間、シノは虚空《こくう》へ視線を彷徨《さまよ》わせ、沈黙を続けて。

やがて、観念したように小さく息を吐いて、言うのであった。


「……私も……魔術師になりたいです」

────。


話は終わって、リクスとシノは学院長室を後にする。

校舎を出ると、時分は夕日に燃える黄昏《たそがれ》時。

城のような校舎が、聳《そび》え立つ尖塔《せんとう》が、広漠とした庭園が、紅と金に染まっている。

なんとなく、リクスとシノが連れ立って、《白の学級》の学生寮へ向かって学院敷地《しきち》内を歩いていると。

「余計なことを」

不意に開口一番、シノがそう言った。

常に無感情な彼女には珍しく、言葉の端々に怒りと恨みがましさが滲《にじ》んでいる。

「あー、やっぱり、君、退学しようとしてたんだな？　そんな気がしてた」

「わかってるなら、なぜ？　凄《すさ》まじく、余計なお世話なんだけど？」

「うーん……正直、俺自身、なんで咄嗟《とっさ》にあんなこと言ってしまったか、よくわからないんだが……」

リクスが頭を掻《か》きながら弁明する。

「なんか……〝本当は退学したくない〟って、思ってる気がしたんだよ、君が」

「……ッ！」

その一瞬、はっきりとシノの表情が揺れる。

そして、忌々《いまいま》しげにぼそりと問い返してくる。

「……一体、何を根拠に？」

「勘だ。わりと良く当たる。お陰で今日まで生き延びた」

すると、シノが珍しく感情を少し荒らげて、ゴミを見る目で吐き捨てる。

「キモい！　貴方《あなた》、マジでキモい！　なんなの⁉」

「グフッ！　グエッ⁉　ガハ！　い、痛い……相変わらず痛すぎる……今まで戦場で受けたどんな傷よりも……ッ！

だが、ぐへへ……ちょっと気持ち良くなって来たぞ、残念だったなぁ……ごふ！」

「キモ過ぎる……」

さしものシノも、ドン引きの呆《あき》れ顔だった。

「でも、後付けだが根拠はあるぞ？　なんだかんだで、君は遠路はるばるこの学院までやって来たわけだし、結局、学院に残ることを選択した。

本当に心の底から辞めたかったとしたら、ちょっとおかしいだろ？」

「フン、何をわかったように。撤回が面倒臭かっただけ。他にやることもないから、仕方なく学院に残っただけ。ただの消極的選択。……勘違いしないで」

「そ、そうか……」

「はぁ、貴方みたいな変態に関わったのが運の尽きね。ため息どころか吐き気がするわ」

「相変わらずの切れ味、ご褒美《ほうび》です。ありがとうございます」

そんなリクスに、シノが心底嫌そうな顔をして、そっぽを向いて。

そして、ぼそりと呟いた。

「……フン。貴方って……まるで、あの男みたい」

「ん？」

リクスがシノの横顔を見るが、シノはリクスをガン無視している。

今は何を聞いても、今の呟きの真意を話してくれることはないだろう。

だから、それはさておき。

「ま！　明日からの学院生活、お互い頑張ろうな！　シノ！」

「……うるさい。馴《な》れ馴《な》れしくしないで。キモいから」

そんな二人の前に、貴族屋敷《やしき》のような《白の学級》の寮舎が現れる。

そして――

「おーい！　リクス！　シノ！」

「二人とも、どうだった⁉　その……学院、残れるの⁉」

二人を心配して待っていたらしい、ランディ、アニー、セレフィナが、そんな二人の元へと駆け寄ってくるのであった。

第五章　学院での日々

――こうして。

前途は多難だが、エストリア魔法学院における、リクスの学生生活が始まった。

本日の一時間目は、『身体強化魔法』の授業。

リクス達《白の学級》は、学院校舎の裏手にある魔法修練場――土肌の広大な楕円《だえん》フィールドを魔法の結界障壁がぐるりと囲んでいる場所に集合していた。

エストリア魔法学院における授業は、基本的には、各学級ごとにそれぞれの科目を受け持つ導師――先生の監督の下、行われるようだ。

授業科目を受け持つ先生達は、皆、『エストリア公認二級』以上の資格を持つ、一流の魔術師達ばかりであるそうなのだが――


「あー……眠い……だるい……面倒臭《くせ》え……息吸うのも面倒臭え……滅びないかな、世界……」

《白の学級》の生徒達の前に現れたのは、いかにも風采《ふうさい》の上がらない男だった。

歳《とし》の頃は二十代後半。ひょろっとしたもやしみたいな長身、ぼっさぼさの灰色の髪、死んで腐った魚のような目、よれよれで皺《しわ》だらけの草臥《くたび》れた黒ローブ。

目の下には色濃いクマ。無精髭《ぶしょうひげ》。咥《くわ》え煙草《たばこ》。

だらしなさとやる気なさ、眠気と無気力感が、服を着て歩いてるような男であった。

「んー……クロフォード＝ロックウェル。

面倒臭ぇが、一応、『エストリア公認二級』の導師ってことになってる。よろしく。

じゃー、面倒臭ぇけど、授業始めるわ……仕事だし……」

プカーと紙巻き煙草を吹かして紫煙を空に吐きながら、クロフォード先生が宣言する。

ちょうど学院敷地内に響き渡る、授業開始の鐘の音。

この男、大丈夫か……？　という生徒達の不安を余所に、授業は始まった。

「えーと、なんだっけ？　あー、僕が担当する『身体強化魔法』なんだが……

まぁ、アレだ。ド基礎だよ、魔術師のド基礎。全ての魔法のド基礎。

コレがある程度できるようにならないと始まらないってやつ。あー、面倒臭ぇ」

クロフォードは、いちいち煙草を吹かしている。

「君達って全員、スフィア開いたんだっけ？　あー……なぁんか、スフィア開けてないのもいるんだったっけ？」

　ちらりとリクスとシノを流し見るクロフォード。

「ま、いいや、面倒臭ぇ。一緒に解説するわ。

　まず、自身のスフィア領域内において、自分が全能ってことは知ってるよね？

　領域内の全てを知覚できるし、領域内の現象を自由自在に支配できる。

　そもそも、それが魔法っていうやつだ。

　じゃー、ここで君ら生徒達に問題だ。わかる子は挙手ね？

　自身のスフィア領域内で、もっとも自由自在に支配・操作できるものは何かな？

　そうだよ、自分自身だよ。ご名答～、花丸あげる」

　質問しておきながら、指名するのが面倒臭くなったのか、自分で答えてしまうクロフォード。

　自信満々に挙手したセレフィナやアルフレッド、アニーら数名の生徒達が、顔を赤らめながら気まずそうに、すごすごと手を下ろしていく。

「人間には、生体磁気《マグネタイト》っていう、それはそれは面倒臭ぇ霊的な力がある。

　喜び、怒り、悲しみ、恐怖……そういった様々な面倒臭ぇ感情や、日々の面倒臭ぇ生命活動の結果によって生じる、大変面倒臭ぇ根源的な生命エネルギーだ。

これを、魔術師は『魔力』って呼んでる。面倒臭ぇ話だけどね」

もう、お前、面倒臭ぇって言いたいだけだろ、と生徒達は思い始めた。

「スフィアを開いてない一般人は、この魔力という霊的エネルギーの感覚はわからない。

だが、君達はスフィアを開いた魔術師だ。

魔術師は、自身のスフィア領域内において全能……つまり、当然、その魔力という面倒臭ぇエネルギーの感覚を掴《つか》めるし、訓練が必要で面倒臭ぇが、その流れを手足のように操作することもできる。

魔法というのは、この面倒臭ぇ魔力をエネルギー源に、スフィア内で駆動させる、とても面倒臭ぇ超自然的現象のことだ。

だったら、そのスフィアの中心にいる自分自身に魔力を流して、身体能力を強化し、動体視力や反射神経を鋭敏化し、自己治癒能力を高める……そんなことも可能だろう？

それが『身体強化魔法』。全ての魔法の基礎だ。

面倒臭ぇが、この授業では、そのド基礎の『身体強化魔法』の鍛錬をひたすら行うよ。

さらに面倒臭ぇが、同時に魔力の増強、スフィアの拡張や強化など、そういった霊的能力の鍛錬もひたすら行うつもり。

アスリートでいう基礎体力作りみたいなものだね。

まぁ、マジで面倒臭ぇが、魔術師名乗りたかったら、必死についてきてね」

そう言って、クロフォードは眠たげな目で、一同を見回した。

「ぶっちゃけ、この授業で君達がやることは単純だ。

魔力を流しながら身体を動かしたり、瞑想《めいそう》してスフィアを操作したり……まぁ、個々人のレベルに合わせて、後で僕がメニュー組むよ。面倒臭ぇけど。

とりあえず、今日は『身体強化魔法』が、どんなものなのか知ってもらうか……ちょうど良い比較対象もいるわけだしね」

すると、クロフォードは、生徒達の何人かを名指しした。

「すでにスフィアを開いて、その扱いに習熟してるアルフレッド君。

そして、まだスフィアを開いてない、リクス君。

面倒臭ぇだろうけど、ちょっと前に出てきてくれ」

何事だと首を傾《かし》げながら、二人が生徒達の前に出る。

ざわめく生徒達の前で、クロフォードが言った。

「まず言っておく。スフィアを開いてない一般人は、スフィアを開いた魔術師には、こと身体能力という面において、絶対に勝つことができない。

なぜなら、慣れた魔術師なら呼吸のレベルでできる『身体強化魔法』があるからだ。

この『身体強化魔法』一つで、一生物として一般人とどれだけ差がついてしまうのか……それを今から君達に肌で感じてもらう。

そこの二人。面倒臭ぇだろうが、あそこにあるポールまで徒競走だ。

手加減いらん。互いに出せる全力を出してくれ」

と、その時だった。

「ちょ、ちょっと待ってください！　クロフォード先生！」

「そうだ、そうだ！　そ、それはちょっとあんまりだろ⁉」

アニーとランディが叫んでいた。

「余からも進言しよう、先生。そんな晒《さら》し者みたいな行為、当人の名誉のためにも承諾しかねる！」

セレフィナも非難の声を上げる。

「晒し者か……確かに、君達がそう感じるのも仕方ないな、面倒臭ぇが」

するとクロフォードがバツが悪そうに頭を掻《か》いた。

「だがな……面倒臭ぇが、百聞は一見にしかずってやつだ。

君達も一般人と魔術師の間に存在する歴然とした〝差〟を実感できたほうが、今後のこの面倒臭ぇ授業にも、多少は身が入るだろう？

リクス君、嫌な役やらせて申し訳ないが……やってくれないかな？」

「あ、俺は全然ＯＫっすよ？　あそこのポールまで全力で走ればいいんすね？

うーん、二百メートルってとこかな……？」

当のリクスは、呑気《のんき》に屈伸などして準備体操をしていた。

「お、おい⁉　リクス！　だから、ちょっと待てって！」

「先生、どうかこの勝負、中止していただけないだろうか⁉」

と、そんな風に、ランディとセレフィナがなんとか止めようとしていると。

「ははははは！　涙ぐましい友情だねぇ⁉　君達！」

アルフレッドが小馬鹿にするように笑っていた。

「まだ出会ったばかりだというのに、もう随分と仲が宜《よろ》しいことじゃないか⁉

そんなに、このリクスに人前で恥をかかせたくないのかい？」

「いや、そうじゃない！　そうじゃなくてだな⁉」

「うむ！　アルフレッドよ！　汝《なれ》もこんな馬鹿げた勝負に付き合うのは止《や》めよ！」

「フン！　断るね！」

するとアルフレッドが、リクスへ憎々しげな目を向けた。

「言っておくけど、リクス……僕は、最初から君が気に食わなかったんだ」

「え？　俺？」

「ああ、そうだ！　魔法とは本来、僕達、崇高なる貴族だけの特権なんだ！　それを下賤《げせん》な薬を使って、平民共が振るうことすら気に食わないというのに、君のような、どこの馬の骨ともしれない平民が特待生だって？　ハッ！　しかも、スフィアすら開けない出来損ないときたもんだ！」

アルフレッドが薄ら笑いを浮かべ、一同の前で堂々と宣言する。

「ぶっ潰してやるよ、リクス。君と僕の格の差を、皆の前で示してやる。覚悟したまえよ」

「やっ、止めろ、アルフレッドぉおおおおおおおお——っ！　それ以上は、もう止めるんだぁああああああああああああああ——っ！」

ランディが頭を抱えて叫んでいた。

「そうじゃ、そうじゃ！　なんていうか……もう可哀想《かわいそう》じゃ！　見てられぬ！」

セレフィナも溢《あふ》れそうな涙を堪《こら》えている。

「ははははは！　リクス、君は魔術師としての才能はゼロのくせに、人たらしの才能だけはあるんだな⁉　詐欺師でも目指した方がいいんじゃないかい⁉」

「成る程、口先の魔術師ってことか……上手《うま》いな！」

「ねえよ！」

「ないよ！」

「ないわ！」

ランディ、アニー、セレフィナが同時に突っ込みの叫びを上げて。

「……面倒臭ぇから、さっさと始めてくれないかな、君達」

クロフォードが物憂《ものう》げに紫煙を燻《くゆ》らせるのであった。

「てなわけで。面倒臭ぇけど、位置について〜、よーいドン……」

そんな気の抜けるようなクロフォードのかけ声と共に、並んだリクスとアルフレッドが同時に駆け出した。

絶好のスタートを切って先に飛び出したのは——アルフレッドだった。

「……フッ！」

瞬間、アルフレッドは自身のスフィアを通して全身に魔力を流し、特に脚力を重点的に身体能力を強化した。

恐らく、アルフレッドは、すでに実家で相当の修練を積んでいたのだろう。

魔力の流れにまったく淀《よど》みのない、まるでお手本のような『身体能力強化』。

アルフレッドの身体《からだ》は爆発的に加速推進し、まるで放たれた矢のように、ゴールのポールを目指して駆け抜けていく――

（身体が羽根のように軽い……ここ最近で、最高の魔力コンディションだな！）

そんなことを考えるアルフレッドの視界が、激流のように後方へ流れていく。

だが、反射神経、動体視力も隙なく強化しており、その速度をして身体が制御を誤ることはない。

そして、そんなアルフレッドの耳に、生徒達の驚愕《きょうがく》の声が届く。

「う、嘘《うそ》だろ⁉」

「マジかよ、あいつ⁉」

「一般人と魔術師で――ここまで差がつくものなの⁉」

そんな生徒達の声に、アルフレッドがニヤリと笑う。

そして、そのまま手加減せず、さらに無慈悲に加速して。

アルフレッドは疾風《はやて》のようにゴールした――

――すでにゴールしていたリクスに、大分遅れて。

「うぇえええええええええええええええええええ⁉」

ずざざざ——っ！　と、ポールの傍《そば》で呼気を整えていたリクスの前を、アルフレッドが転んで転がっていく。

「良い勝負だったな、アルフレッド。またやろう」

朗らかに、爽やかに、アルフレッドへ手を差し伸べるリクス。

「はぁ⁉　ええええええ⁉　はぁあああああ⁉　今、何が起きたの⁉　なんで君の方が先にゴールしてるの⁉　えええええええええええ⁉」

地面に倒れ伏したままリクスを見上げ、パニックに陥っているアルフレッド。

「なんか、えらい差がついてたよな……？」

「どういうことなの……？」

「あれ？　スフィア開けてないのって、アルフレッド君の方だったっけ……？」

生徒達はただひたすら困惑していて。

「だから言ったのによ……」

「勇気ある英霊に合掌じゃな」

「あ、あはは……」

ランディ、セレフィナ、アニーはご愁傷様とばかりにため息を吐《つ》いていた。

そして、そんなリクスとアルフレッドの勝負を流し見ていたクロフォードは。
「……ふむ。うーん……」
しばらくの間、紫煙を燻らせながら、何事か考えていて。
やがて。
「とまぁ、このように一般人と魔術師の間には、懸絶した〝差〟があるんだ。
てなわけで、早速、君達も『身体強化魔法』の実践開始だ。準備はいいかな？」
何事もなかったかのように、しれっとそう言い放つのであった。
(((あ、この人、面倒臭くなったな……)))
その瞬間、生徒達の胸中は完全に一致していた。

──────。

「あー、疲れた……」
一時間目の『身体強化魔法』の授業が終わった後。

二時間目の授業が行われる予定の教室にて、ランディの呟《つぶや》きが響き渡っていた。

「初めて『身体強化魔法』を実践してみたわけだが……なんか、身体よりも心が疲れたっていうか……精神が疲れたっていうか……？」

「うん……なんか、〝スフィアが疲れた〟っていう表現が、しっくり来るよね……」

ランディの雑感に、アニーが苦笑いで同意する。

「それが魔力を消耗した感覚というやつじゃ。最初のうちは戸惑うと思うがの」

セレフィナが補足すると、リクスが爽やかに己の掌《てのひら》を見つめて言った。

「なるほど……これが、この感覚がそうなのか。この良い汗をかく感覚が……」

「お前のそれは、俺達のこれとは、絶対違うと思う」

断言するランディであった。

「しかし、一時間半も練習して、ちょっと速く走れるようになっただけだったな、俺」

「わ、私、それすらできなかったよ……これから大丈夫かなぁ？」

「安心せい、誰しも最初はそんなものじゃ」

「だな。地道に修行を続けていれば、すぐ俺に追いつくさ」

「無理だ」

「無理かな」

「無理じゃな」

「ていうか、お前、マジで人間か？　つくづく疑わしいんだが」

そうこう話しているうちに、授業開始の鐘の音と共に、教室内へ二時間目の授業を行う先生が入ってくる。

「それでは『黒魔法』の授業を始めますわ」

入ってきたのは、今いち年齢不詳な美女だ。

アップに纏《まと》めた紫の髪に、血の色の瞳。血色の薄い、蝋《ろう》のような白い肌。

不思議なことに、妖艶《ようえん》な大人の淑女にも、瑞々《みずみず》しい少女のようにも、つぼみのような童女のようにも見える。

やはり、導師以上の証《あかし》である黒いローブを纏っていた。

「わたくしは、アルカ＝クラウディア。『エストリア公認一級』の大導師です」

壇上に立ったアルカが、落ち着き払った物腰で自己紹介を始める。

「つまり、わたくしはこの世界における、最高クラスの魔術師の一人。貴方達《あなた》、魔術師の卵を教え導く程度の資格は十二分にあるので、どうかご安心を」

アルカの名を知っている者も多いのだろう。

〝あの人に教えを頂けるなんて〟とか、〝なんて俺は恵まれているんだ〟とか、そんなひそひそ声が、あちこちから上がった。

「しかし……あの先生、一体、歳《とし》いくつなんだろ？」

「さぁな？　噂《うわさ》によると、ガチモンの吸血鬼で数百年以上生きてるらしいぜ？」

リクスの呟きに、隣のランディがそう小声で耳打ちする。

「こほん」

まさか聞こえたわけではあるまいが、アルカは一つ咳払《せきばら》いして、話し始めた。

「皆さんは、スフィアを開き、身体強化魔法に触れ、自分がさぞかし魔法の神髄に近づいたかと自惚《うぬぼ》れていることでしょうが、とんでもありません。

一部のすでに先の位階へ進んでいる者達を除き、皆さんは、自身の全能たるスフィア領域内で、火一つ満足に起こすことすらできないでしょう。

なぜか？　それは、皆さんが〝火の起こし方〟を知らないからです」

ざわつく生徒達を気にせず、アルカが続ける。

「確かに、皆さんはご自身のスフィア領域内において〝全能〟です。

ですが、〝全知〟ではない。

なぜ火が起こるのか、なぜ稲妻が走るのか、時間や空間とはいかなる理《ことわり》の下に成立しているのか……皆さんは何一つ知らない。まさに無知な〝愚者〟そのもの。

自身が知らない知識、理解できてない法則や理は、当然、支配できません。

スフィアで、自身——内界を完璧に識《し》る『身体強化魔法』とは異なり、外界に干渉する事象を自身の〝全能〟で操るには、〝全知〟でなければならないのです。

その〝全知〟に至るための道筋……この世界の真理たる〝全知全能〟の欠片《かけら》。

魔法を、自在に行使するための道標となる真理の断片。知識。法則と理。

それこそが、皆さんがこれから三年間かけて学ぶ『魔法式』と呼ばれるもの。

この知識の髄たる魔法式に沿って、全能たるスフィア内で自身の魔力を走らせることにより、初めて魔法の御業《みわざ》となるのです」

そんなアルカの解説に、教室内のあちこちから感嘆の声が上がる。

「本日の授業は、前半と後半の二つに分けます。

前半は、新入生の誰もがまず最初に学ぶ、もっとも簡単な火を起こす魔法【火礫《ひつぶて》】。

その魔法式を、皆さんに教授します。

そして、後半は外の魔法修練場に出て、その【火礫《ひつぶて》】を実際に行使していただきます。

よろしいですね？」

こうして、アルカ先生の授業が始まるのであった。

「黒魔法とは、熱やエネルギー、物体の運動、音、電気と磁気、元素とその性質、光と波動、重力、時間と空間……等々、この世界の物理的・化学的な理を究める魔法です。

この世界の根源的な法則を極めることで、全知全能――真理を目指しています。

それゆえに、黒魔法の魔法式の根柢《こんてい》には、緻密で繊細、合理的な科学が存在する。

皆さん、良いですか？　くれぐれも〝理解〟することを意識してください。丸暗記など、こと魔法の行使において、何の意味もないのですから」

そう前置きして、アルカは黒板に、五芒星形の幾何学《きかがく》的図形を描き、その各所に数式と命令文を加えていく。

この世界の略図と、起こす事象の裏に働く力の流れ、その事象が根源とする法則、事象を操作するための魔力の関数や出力演算などを纏めたその図式が、魔法式らしい。

当初、生徒達にはその魔法式の意味はサッパリわからなかったが、アルカ先生は魔法式の意味を一つ一つ丁寧に解説していく。

火が起きるとは、そもそもどういう現象なのか？

その際のエネルギーの流れは？　この世界を構成する元素の動きは？　霊的なエネルギ

ーである魔力を、物理的なエネルギーである熱に変換する方法は？　効率は？

難解な理論を、アルカは変に意識高く気取ることなく、誰もがわかる言葉で、平易に、簡潔に解説していく。

それは、魔法の初心者が一体どこで理解に躓《つまず》くのか、それすら知り尽くした完璧な解説であった。

そうして、授業の前半が終わる頃、生徒達は理解する。

この世界で『火が起きる』という現象が、根本的にどういうことなのかを。

理屈ではなく、魂で理解するのであった——

「な、成る程……」

「さすが、アルカ先生……」

「《黒耀《こくよう》の賢者》の名は伊達《だて》じゃないんだな……」

解説を聞き終えた生徒達の呟きがあちこちから上がる。

「うーむ……炎の魔法は余の大得意分野じゃが、まだまだ浅いと痛感させられるのう」

「セレフィナさんですら、そうなんだ……」

深く感嘆するセレフィナに、アニーが目を丸くする。

すると、ランディもやや興奮気味に、隣のリクスへ話しかけた。

「アルカ先生の話って、難しいのに凄《すご》くわかりやすいよな⁉」

「ああ。アルカ先生の話が、俺には何一つわからないということが、凄くわかりやすかった。本当に凄いな、先生は……」

「お前ってやつは……」

心底感動しているようなリクスに、ランディはジト目を禁じ得ない。

そして、アルカの授業に感動する生徒達の中で。

「…………ふん」

ただ一人、シノだけがつまらなそうに頬杖《ほおづえ》をついて、窓の外を眺めていた。

「さぁ、それでは皆さん。早速、魔法修練場へ移動しましょう。

これから実際に、今、わたくしが教えた【火礫《ひつぶて》】の魔法を実践するのです」


――――。


「――〝我は生む、炎の礫《つぶて》〟！」

魔法修練場に、生徒達の叫び声が響き渡っていた。

今、その修練場には、円形の的が無数に並んで設置されている。

生徒達は、その的から少し離れた場所に立ち、スフィアを展開。

叫び声と共に、先ほど理解した魔法式に従って、スフィア内に魔力を流していく。

すると――

「うわ⁉」

生徒達の手の先から、小さな火の礫が発生して飛んで行く。

火の礫は的に着弾し、的を焦がすのであった。

「凄《すげ》ぇ⁉ 出た！ 俺にもできた⁉」

自分でも信じられないとばかりに、ランディが目を丸くする。

他の生徒達も、次々と初めての魔法を成功させているようであった。

「今、皆さんが叫んでいる『呪文』は、行使する魔法式の内容を、端的な言葉で簡略化したものです」

そして、生徒達の実践の間にも、アルカは解説を挟んでいく。

「言葉は力、言霊《ことだま》であり、発することで自身の内界に深く作用するもの。

呪文を唱えることによって、魔法式に沿って魔力を流しやすくなるのです。

ですが、既存の定型呪文に拘《こだわ》る必要はありません。魔力を流しやすくなるならば、別にどんな言葉でも良いのです。

そして、最終的には――……」

不意に、アルカが、パチンと指を鳴らす。

すると、アルカの頭上に十数発分もの火の礫が発生し、前方に並ぶ的へそれぞれ飛んで行き――その全てが正確無比に着弾、無数の的が激しく同時に燃え上がった。

しかも、生徒達の【火礫《ひつぶて》】とは、熱量と火勢の次元がまるで違う。

おおおおおっと、声を上げる生徒達の前で、アルカが誇ることなく言う。

「〝詠唱破棄〟。魔法式への理解を深め、習熟し、自身の識る当然の理とする。呪文など唱えなくても、魔力を無駄なくスムーズに、魔法式に沿って流せるようになること……それが皆さんの目指すべき目標ですね」

もう考えるまでもなくわかるアルカの桁違いさに、生徒達は言葉を失うしかなかった。

「うーむ、あまりにも見事。同じ詠唱破棄でも、アルカの炎を〝固く凍らせた氷〟と喩《たと》えるなら、余の炎は〝生温《なまぬる》い水〟。あの威力と精度には遠く及ばぬ……」

セレフィナも舌を巻いているようであった。

すると。

「いやぁ。さすが、世界最高峰の魔術師、アルカ先生だな」

何を思ったのか、アルフレッドがリクスへと話しかけていた。

「いつか、僕達もあの領域に辿《たど》り着きたい……そう思わないかい？　リクス」

「…………」

「ああー、そうだったね、ごめんごめん、君には無理だったね？　なにせ、君にはスフィアがない。あの領域に辿り着く以前の問題だったね……くっくっく……」

アルフレッドが蔑むように笑う。

たちまち、その場に嫌な空気が流れていく。

「そこ、無駄話をしない。減点されたいのですか？」

見かねたアルカが、アルフレッドに注意をしようとした、その時だった。

「いや、そうでもないぞ？　あの程度なら、多分、今の俺でもできるぞ？」

リクスが何か言い始めた。

「「「はぁ⁉」」」

たちまち、生徒達が素っ頓狂な叫びを上げて。

「……ほう？」

アルカが興味深げに、リクスを見る。

「おい、君……適当なこと言ってるんじゃあないぞ⁉」

リクスの余裕が気に食わず、アルフレッドが食ってかかった。

「スフィアすらない君が、どうやってあんな神業をできるっていうんだ⁉　いくらなんでも、先生に失礼だと思わないのか⁉」

「いやいや、できるって。結構、簡単だぞ？　まぁ……アルカ先生と比べたら、少し時間かかるけどさ……」

するると、どこまでも不遜な態度を変えないリクスへ。

「面白い。やってみなさい」

純粋に興味を引かれたらしいアルカが、そう促し始めた。

「リクス。貴方《あなた》がまだスフィアを開いていないことは知っています。そんな貴方がどうやって、今のわたくしの技を成すのか……魔術師として純粋に興味があります」

「せ、先生！　こんなやつの妄言、真に受けないでくださいよ⁉」

「アルフレッド。魔術師の真に必要な資質は、既存の常識、固定観念を疑える思考の柔軟さです。

ということで、さぁ、リクス。やってみなさい。

このわたくしに対し、それだけの大口を叩《たた》いたのです。失望させないでくださいね？」

「はい、任せてください、先生。では少々お待ちを――……」

そう言って、リクスは魔法修練場の外にある森の中へ、もの凄い速度で走って行き……

やがて帰ってくる。手に大量の枯れ枝を抱えて。

ざわめく生徒達。

何事かと、目を瞬《しばたた》かせているアルフレッドとアルカ先生。

（まさかな……？）

（まさかのう……？）

最早《もはや》、嫌な予感しかしていない、ランディ、アニー、セレフィナ。

そんな一同の前で、リクスはおっぱじめた。

「〝我は生む、炎の礫〟ぇぇぇぇぇぇぇ――っ！」

鬼の形相で叫びながら、リクスは枯れ枝を両手で挟み持ち、地面に置いた木片に錐《きり》もみするようにこすりつけている。

ズギャギャギャギャーッ！　木と木が擦《こす》れ合う凄《すさ》まじい音が辺りに響き渡る。

「あはははは！　君はバカか⁉　そんなんで火が点《つ》くわけが――」

ぼっ！

「点くのぉおおおおおおおおお⁉」

アルフレッドが、眼球が飛び出さんばかりに目を剝《む》く。

アルカも目を点にしている。

「〝我は生む、炎の礫〟えっ！　〝我は生む、炎の礫〟えええええええ——っ！」

そんな感じに、リクスは次から次へと枝に着火させ、松明《たいまつ》を作っていく。

その数、あっという間に十数本。

リクスはそれを両手で纏《まと》めて持って、並ぶ的の前に立って……

「〝我はッ！　生むッ！　炎のッ！　礫〟えええ——ッ！」

全身の発条《ばね》をしならせて、その松明の束を的へ向かって、全力で投げつけた。

松明達はそれぞれ、正確無比に的へ向かって飛んで行き——

バキャッ！

的の悉《ことごと》くを、全て同時に粉砕した。

「「「…………」」」

空いた口が塞がらない生徒達。

「やっぱり、アルカ先生の言った通りだったな」

そんな中、リクスが一仕事終えた良い笑顔で言った。

「言葉は力、言霊だって」

「それは違う。絶対違う」

最早、ノルマのように突っ込んでおくランディであった。

と、その時だった。

「……学士生リクス」

ふらり、と。感情の読めない能面で、アルカがリクスへ向かう。

「はっ⁉ ちょ、ちょっと待ってください、先生！ お怒りはもっともですが！」

「コイツ、バカなんです！ なんていうかもう、ただ、底抜けのアホなんです！」

「彼奴《きゃつ》には、後で余がキツく言っておくから、どうか矛を収めてくれぬか⁉」

慌ててアニー、ランディ、セレフィナが庇《かば》いにかかるが、もう遅い。

アルカがリクスの前に立ち、ゆらりとその手を上げて……

「素晴らしい」

珍しく優しげな表情で、ぽんとリクスの肩に手を置いていた。

「なるほど……そのような方法もあったのですね。お陰で、この歳《とし》になってわたくし、一つ己の常識と固定観念を打ち破ることができました。礼を言いますよ」

「先生。それは破っちゃいけない常識だと思うんすけど」

そんなランディの締めくくりで。

本日の『黒魔法』の授業は終了となるのであった。


――――。


「皆さん、こんにちは。僕は、レイ＝ドクトリス。

『白魔法』の授業を担当する導師です。どうか、お見知りおきください」

白魔法の授業時間にて。

教室で待つ《白の学級》の生徒達の前に現れたのは、明るい金髪に碧眼《へきがん》の男であった。

そのサラサラの髪、理知的ながら穏やかな眼差《まなざ》し、精緻に整った甘いマスク、目を見張るような美青年で、現れた瞬間、女子生徒達の黄色い声が上がる。

「黒魔法がこの世界の物理的な法則やエネルギー——外界に干渉するものなら、白魔法は内界——肉体や精神、生命の神秘、生物の存在そのものを探求するものです。

時に傷ついた肉体を癒やし、時に肉体を変化・変質させ、時に他者の心を惑わし、幻覚を見せ、時に他者の存在そのものを呪う。

白魔法は、黒魔法とはまた違った危険な一面を持ち合わせています。

生徒の皆さんは、ゆめ悪用することなきよう、よろしくお願いしますね」

「「「はぁ～いっ！　先生♥」」」

穏やかに微笑《ほほえ》むレイに、アニーやセレフィナ、シノといった一部を除き、ほとんどの女子生徒達が手を胸元で組んでうっとりしながら声を揃《そろ》えた。

「ちっ、これだからイケメンは……」

「まったくだ、ランディ！　けしからんよな⁉　イケメンは死ぬべきだ！」

「ああ、その通りだ！　……こんなとこだけ、お前と見解が一致する俺が憎い」

そんなバカ二人を余所《よそ》に、レイが授業を始める。

レイが今回、授業で取り上げたのは【眠り】の魔法式だった。

他者を強制的に睡眠状態へと落とす、精神支配魔法の基礎であるらしい。

レイの授業も、アルカに負けず劣らずわかりやすかったが、そのレイの一挙手一投足にいちいち女子生徒達が、きゃあきゃあ黄色い声を上げるので、男子生徒達のムカつき度とストレスが半端《はんぱ》ではなかった。

「それでは実践です。隣の人同士交代で、教えた通りに【眠り】の魔法を掛け合ってみてください」

男子生徒達にとって地獄のような時間が過ぎ、ようやく実践段階となる。

「大丈夫です。眠りに落ちた生徒は、僕がすぐに魔法で目覚めさせますから」

「「「あーん！　私達、レイ先生に優しく起こされたいですぅ～っ♥」」」

「「「チッ！　チッ！　チィイイイイ――ッ！」」」

そんなこんなで愛憎渦巻きながら、魔法の実践が始まった。

「〝汝《なんじ》に安らぎを、瞼《まぶた》は落ちよ〟！　……どうだ？　効いたか？」

「うーん……？　ごめん、ランディ君。変化ないかな……」

「そ、そっか……くそう、難しいな。アニーが俺にかけた時は、俺、あっさり眠っちまったのにな……」

「ぐぬぬ……余は白魔法が苦手なのだ……アニー、コツを教えてたもれ……」

習いたての魔法に悪戦苦闘する生徒達。

アニー以外に、まだ成功させた生徒はいないようであった。

「皆さん、焦《あせ》らないでください。同じ位階《レベル》の魔法でも、基本、白魔法は黒魔法より難度が非常に高いのです。なにせ、黒魔法が意思なき外界を相手取るのに対し、白魔法は意思もあれば抵抗もする個人を相手取るのですから」

レイが生徒達を見て回りながら、安心させるように言った。

と、その時だ。

「おい、リクス。やろうぜ。互いに【眠り】の掛け合いだ」

性懲りもなくアルフレッドが、リクスに突っかかってきた。

「君も授業に参加してるんだ……課題にはちゃんと挑戦しないとな？　どっちが相手を深く眠らせることができるか勝負だ。まさか、逃げないよな？」

それは、リクスが応じれば容赦なく降し、応じなければ、逃げたと周囲に吹聴《ふいちょう》する……大勢の前でリクスに恥をかかせるという魂胆が、明らかに見え見えであった。

だが。

「勝負か。よし、わかった、やろう」

リクスはあっさりと安請け合いしてしまう。

（フン、バカめ。白魔法は僕の大の得意分野だ。僕の【眠り】は、アニーなんかとはレベ

ルが違うぞ？　そもそもスフィアのない君に勝ち目なんかないだろうに）

アルフレッドが内心ほくそ笑む。

「では、僕からだ。行くぞ！　〝汝に安らぎを、瞼は落ちよ〟！」

その途端だった。

アルフレッドの指先から放たれた【眠り】の魔力が、たちまちリクスを呑《の》み込む。

「――ッ⁉」

リクスを襲う凄まじい睡魔、遠くなる意識。

次の瞬間、リクスの身体《からだ》がガクンと崩れ落ちて……今にも倒れ伏す、まさにそんな時。

ザクッ！　ブシューーッ！

リクスは、どこからともなく取り出したナイフで、己の太ももをブッ刺していた。

当然、盛大に血が噴き出し、大惨事だ。

「ふぅ……よし。これで意識スッキリ」

「うわぁああああああああああ⁉」

「きゃああああああああああああああああ――ッ！」

たちまち大騒ぎになる教室内。

「さすがだな、アルフレッド。……だが、耐えたぞ？」

「ちょ――君、何やってんの⁉　バカなの⁉　普通、そこまでする⁉」

ニヤリと不敵に笑うリクスに、アルフレッドはもうドン引きだった。

「勝負と名がついた以上、俺は手を抜かない。今度はこっちの番だ……ッ！」

恐怖で後ずさりするアルフレッドの前で、リクスの姿が、ぷんっ！　と消える。

「――は⁉」

アルフレッドが気付けば、リクスはアルフレッドの背後へ瞬時に回り込み、その首に腕を絡《から》めていた。

「ひいっ⁉　き、君、一体、何を――ッ⁉」

「〝汝に安らぎを、瞼は落ちよ〟ぉおおおおおおお――ッ！」

叫びと共に、リクスは猛烈な力でアルフレッドの首を絞め上げて。

カクン……一瞬で、アルフレッドの意識を落としていた。

「これが【眠り】の魔法か。なるほど、確かにレイ先生の言うとおり、悪用厳禁の危険な力だ……気をつけないとな」

床で白目を剝《む》いて、ブクブク泡を吹いているアルフレッドを見下ろし、リクスはそう自分を戒めるのであった。

「少し目を離すと、すぐこれだ……」

「あ、あはは……」

慌てて二人の治療を魔法で始めるレイ先生を前に、ランディがジト目でため息を吐《つ》き、アニーが曖昧に苦笑いするのであった。

そんなこんなで。

リクスの学院生活は、万事が万事、こんな調子であった。

何もかも、圧倒的な身体能力に任せた物理で、力尽くで解決。

その姿は、この世界の繊細な法則と理《ことわり》を操る魔法の道とは、魔術師の在り方とはまるで正反対だったのである。

――――。

数日後。

とある昼休憩中、学院校舎内にある豪奢《ごうしゃ》な学生食堂にて。

「当初はどうなることかと思ったが、俺、なんとか授業についていけてるな！」

「いや、違う。絶対、違う」

爽やかに言うリクスに、ランディがいつものように突っ込んでいた。

そこは、いつもリクス達が陣取っている長テーブルの一角。

それぞれ注文した料理を並べ、昼食の真っ最中だ。

「何がだ？　ランディ。先生の課題に対して、俺、ちゃんと成果を出しているだろ？」

「ああ、出してるな。出してるんだが、お前のそれは根本的に違うんだ……」

ライ麦パンを齧るリクスへ、ランディはため息混じりにジャガ芋のスープのさじを口へ運ぶ。

「しかし、実際どうなのじゃ？　こんな調子で、リクスは魔術師になれるのか？」

「残念だけど、難しいと思う……」

丁寧にローストビーフを切り分けるセレフィナの問いに、ニシンのパイ包み焼きをつつくアニーが、言いづらそうに言った。

「学期末の単位取得試験は、どうしたって魔法の実技が必要だよ……さすがにリクス君のアレで納得してくれる先生はいないと思う……」

「だよな。実技のない座学だけじゃ、どうしたって必要単位が足りないしな」

どうしたものかと頭をかくランディへ、リクスが大真面目に言う。

「魔法を使えるようにならずとも、魔術師になる方法はないかな?」

「お前は一体、何を言ってるんだ?」

「くっ……やっぱり、スフィアを開かないことにはどうにもならないのか……ッ！

となると、退学は時間の問題……ッ！　皆、どうか忘れないでくれ……この学院にリクス＝フレスタットという男がいたことを……ッ！」

「忘れられるかよ。脳を弄《いじ》くって、記憶改竄《かいざん》しねー限り無理だよ」

「じゃな」

リクスと出会って以来、もう何度目になるかわからないため息を吐きながら、ランディが突っ込み、セレフィナが同意する。

「で、肝心のスフィア開放の進捗はどうなんだ?　確かシノと一緒に、放課後、毎日アンナ先生の指導を受けてるんだろ?」

フォークで豆のトマト煮を口に運びながら、ランディが問う。

ちらりと視線を動かすと、ここから離れた場所で、一人ぽつんと寂しく食事をしているシノの姿があった。

「それが、俺もシノもサッパリだ！　スフィアが開く気配すらない！」

「そ、そうか……俺達とお前達で一体何が違うんだろうな……？　俺ですらそんな苦労なかったのによ……」

あっけらかんと答えるリクスだが、ランディは気まずそうだった。

「でも……アンナ先生って良い先生だね」

話題を変えようと、アニーがそんなことを言う。

「良い先生？」

「だって、リクス君とシノさんのために、毎日、辛抱強く真摯に指導してくれるなんて……アンナ先生にも授業や研究とかあるのに、なかなかできないことだと思うよ？」

「あー、うん、まぁ……？」

そんなアニーの言葉に、リクスが曖昧に応じる。

「どうした？　何か妙に口ごもるようじゃが？　何かあったかの？」

「いや、なんでもない、多分気のせいだから。あー、どうしようかなぁー？　もしこのままスフィアが開かなかったら……」

「心配すな。たとえ魔術師になれずとも、汝《なれ》の身体能力ならば、将来、どうとでもやっていける。傭兵《ようへい》とかな。

なんだったら特別に、余が汝《なれ》を傭兵として雇用してやろう！　どうじゃ!?」

「絶対やだ」

「即答⁉　そんなに余のこと嫌いか⁉」

がーん、と。セレフィナが涙目で叫んだ、その時だった。

「ふっ……相変わらずの傷の舐《な》め合い、ご苦労様だね、君達」

不意に、そんな冷たい言葉が、リクス達に浴びせかけられる。

振り返ってみれば、アルフレッドが立っていた。

「まぁ、平民上がりの魔術師なんてそんなものさ。魔法を習うことに対する、理念も信念もない。魔法をただの自己実現と出世の道具としか考えてない。

まったく、君達平民共の底の浅さには、心底呆《あき》れるよ」

「ンだとぉ……ッ⁉」

聞き捨てならず、ランディが立ち上がってアルフレッドを睨《にら》み付ける。

「なんだよ？　事実だろ？

それに……本当は嬉《うれ》しいんだろう？　自分より〝下〟ができて。

だから、そこのただの一般人リクスと友達面してるんだろう？」

退かず、アルフレッドがランディを睨み返す。

「はぁ⁉ いくらなんでも聞き捨てならねえぞ、おいっ⁉」

憤《いきどお》るランディを無視して、アルフレッドがリクスを流し見る。

「リクス……話には聞いたよ。君、随分大層な〝剣士〟らしいじゃないか？

海魔をただの剣で退けられるほどの、ね」

「…………」

「そこは褒めてあげるよ、立派だ。素直に凄《すご》いよ。偉い偉い。

魔法なしで海魔を退けられる人間なんて、世界広しと言えど、そうはいない。

だが──残念だったね。〝剣士は魔術師には絶対勝てない〟」

蔑むようなアルフレッドの言葉に、ランディとアニーが、はっと息を呑む。

「フッ、君達のその反応……どうやら僕の言っていることが理解できる程度には、魔法のことがわかってきたようだね？

そうなんだよ。

剣士がどれだけ剣を極めても、しょせん、最下級の魔術師にすら勝つことは叶《かな》わない。

ただの剣士にできることなんて、精々がただの人を殺すか、下賤《げせん》な魔物を斬る程度……

それが、この世界の揺るぎない真実だ。

これまでの授業課題は、そのアホみたいな身体能力で誤魔化せたようだけど、もし、本気で君と僕が魔法戦をやったら……君は僕に絶対に勝てない。

実際、君はすでに、そこのランディやアニーに勝つことすら難しいはずさ。

じきに魔法戦教練の授業も始まるはずだが……その時が楽しみだな？　リクス」

勝ち誇り、見下すような笑いを浮かべるアルフレッド。

「ｚｚｚ……」

パンを咥《くわ》えたまま、すっかり眠っているリクス。

「この流れで寝るなよ!?　相変わらず不快なやつだな、君は!?」

アルフレッドが吠《ほ》えながら、リクスの胸ぐらを摑《つか》んでガクガク前後に揺すり、リクスを起こす。

「ほ、本当にごめん……話が長くて……」

「フ、フン！　まぁいいさ。魔法戦教練では首を洗って待っているといい。

〝剣士は魔術師には絶対勝てない〟……その意味を、君に痛いほど理解させてあげるよ。

無様に地を這《は》う君の姿が、今から目に浮かぶようじゃないか。あはははは！」

ひとしきり言いたいことだけ一方的に言い捨て、アルフレッドが去って行く。

「ったく……嫌な野郎だぜ」

「うむ。性根がねじ曲がっておる」

ランディ、セレフィナが、吐き捨てるようにその背中を見送る。

「あまり気にしないでね、リクス君……君もいつかきっとスフィアを開くと思うから」

アニーが、リクスを気遣うように言う。

だが、アルフレッドの〝剣士は魔術師には絶対勝てない〟という言葉自体は、誰も否定しないことに、リクスは気付いた。

（〝剣士は魔術師には絶対勝てない〟、か……）

それは一体、どういう意味なんだ？　と。

リクスは、パンを齧《かじ》りながらぼんやりと考え続ける。

やがて、昼休憩の終了を告げる鐘が、学院校舎内に響き渡るのであった——

第六章　魔法戦教練

新入生達が、エストリア魔法学院に入学して一ヶ月。
個人差はあるが、誰もが少しずつ魔法を使えるようになって来た頃だ。
ついに『魔法戦教練』の授業の解禁が通達される。
本日は、その最初の授業の日であった。

「もう知っている者もいるかと思うが、私がダルウィン＝ストリークだ。
この学院で『魔法戦教練』を担当している。
ちなみに、私は『エストリア公認一級』――大導師だ。
貴様達とは、天と地ほどの差がある。
いいか？　この授業でこの私を怒らせたら命がないと思え、この愚図共」
授業開始早々、そんなダルウィン先生の前置きと眼力に、生徒達は震え上がった。
ここは、学院の地下に存在する魔法闘技場。

中央の広大な円形フィールドに、生徒達が整列している。

基本、『魔法戦教練』は、他学級との合同で行われる。

通常は二学級の合同だが、本日は、初回ということで《白の学級》、《青の学究》、《赤の学級》の三学級合同であった。

「魔法は偉大なる力だ。至高の叡智《えいち》と世界の真理を探究する標《しるべ》だ。

だが、貴様等愚図共は、魔法を将来の就職や出世の足がかり、他者とは違う自分の自己顕示欲の証明書、あるいは少し強い武器程度にしか考えていない。

実に想像力のない、浅ましさだ。身震いするほどの愚かしさと平和ボケだ。

嘆かわしいことこの上ない。恥を知れ」

（この人は、罵倒しなければ物を喋《しゃべ》れないのだろうか……？）

生徒達は、次から次へと罵詈雑言《ばりぞうごん》が飛び出るダルウィンに呆れ顔だった。

「そのように偉大で崇高なる魔法だが……同時に、その本質に避けて通れぬ危険性と闇を秘めているのも事実だ。

魔術師と魔術師は、運命的な引力で引かれ合うもの。必定、魔術師同士の闘争は、魔術師である以上避けられぬ。それは歴史が証明している。

ゆえに、この私の授業は、その魔術師同士の闘争の制し方を教える。

魔法による闘争を制してこそ、近づく真理もあるというものだ。

だから、愚図共――やり合え」

「「「えっ？」」」

唐突なダルウィンの宣言に、生徒達が呆気《あっけ》に取られる。

「何を呆《ほう》けている？　愚図共。即刻、魔法戦でやり合えと言っている。

今の愚図な貴様等の知りうる愚図で拙い魔法の限りを尽くしてな。遠慮は要らん」

「いや、あのでも……俺達、まだ魔法を使った戦い方、何も教わって……」

「今の貴様等愚図共が、魔法戦の戦闘理論を教えて、理解できると思ってるのか？

増上慢にも程がある。習うより慣れろ。

今すぐ適当に、この場にいる者から相手を選び、一対一でどちらかが倒れるまでやれ。

そして、それが終わったら相手を変えて、再びどちらかが倒れるまでやれ。

安心しろ。死にさえしなければ、怪我《けが》は治してやる。私は優しいからな」

「「「…………」」」

「先に合計五勝した者から抜けて良し。敗者はいつまでも居残りだ。

そして、授業終了時点でまだ残ってる愚図な負け犬共には、私自ら特別訓練をくれてやろう。生まれてきたことを後悔させてやる」

「「「…………」」」

「何を呆けている？　ああ、なるほど。生徒同士で戦うより、この私と戦いたいのだな？　いいだろう、相手してやる。纏《まと》めてかかって来るがいい――」

ダルウィン先生がどこまでも本気極まりない目で、腕を振り上げ、壮絶な魔力を練り、そんなことを言い始めて。

「ひぃいいいいいいい――ッ⁉」

「スパルタにも程がある！」

「なんなんだ、この先生《せんせ》ぇえええええええ⁉」

生徒達は大慌てで、対戦相手を探し始めるのであった――

――。

控えめに言って、そこは地獄絵図であった。

今、地下魔法闘技場のあちこちで、生徒達が二人一組となり、死に物狂いで魔法戦を行っている。

覚えたばかりの魔法を駆使して、ひたすら相手を打ち倒すことばかりをやってる。

上がる罵声。悲鳴。泣き声。魔法の炸裂音《さくれつ》。

あちこちにボロボロになって気絶した生徒達が転がり、勝利して歓喜に腕を振り上げている生徒達もまた、ボロボロであった。

「くっそ、無茶苦茶だぜ、この授業⁉　何考えてやがんだ、あの先生⁉」

たった今、一戦目を終えたランディが憎々しげに叫んだ。

運良く相手も魔法初心者で、なんとか勝ったようだが、全身焦げてボロボロだった。

「ぐすっ……痛い……痛いよ……」

同じく一戦目を終えたアニーも、涙目で脚の打撲痕を押さえている。

空気の弾丸を飛ばす【空弾《くうだん》】の魔法で、ガツンとやられて転倒してしまったのだ。

「むぅ……解《げ》せぬ。中にはアニーのような、闘争に不向きな生徒もおるというのに……あの先生の真意が見えぬ！」

さすがセレフィナは一戦目を華麗に制したが、こんな意味不明な授業を行うダルウィンに憤りを禁じ得ないようであった。

（しかし……魔法の世界も戦いは避けられないものなのか……？　うーん……）

一方、リクスは先のダルウィンの言葉を思い返しながら、微妙な気分になっていた。

（いやいや、そんなことはないはず！

だって、知り合いの魔術師の人、片田舎で魔法医やってて、美人の嫁さんと可愛《かわい》い娘さんと一緒に、平和に幸せそうに暮らしてたし!?

ま、あの先生の考えが特別に極端なだけだろ！　多分！　うん！）

まぁ、それはともかく、まずはこの状況だ。

リクスもそろそろ対戦しなければならない。ダルウィンに睨《にら》まれる。

リクスが相手を求めるように、周囲をキョロキョロしていた……その時であった。

「この時を待っていたよ、リクス」

そんなリクスの前に、余裕の表情のアルフレッドが現れていた。

「ついに、君と僕の格の差が明らかになる時が来たんだ。

〝剣士は魔術師には絶対勝てない〟……その意味を、僕が君に教えてあげよう」

「アルフレッド……」

「いいよ、君の腰の剣……存分に振るうと良い。

真剣だろうが、魔術師にとってそんなもの、ただの枝と同義だからね。

当然、受けて立つよね？　この期に及んで逃げたりしないよな？　なぁ、リクス」

すでに己の勝利を確信しているらしいアルフレッドを、リクスは静かに見つめる。

そもそも、これは授業課題。結局、誰かと戦わなければならないのだ。

最早《もはや》、アルフレッドとの激突は避けられないだろう。

「わかった。よろしく頼む」

そう言って、リクスがアルフレッドの試合を受けようとした……その時だった。

「――ッ⁉」

不意に、何かに気付いたように、リクスが駆け出した。

「こっちに来たまえ、リクス。先ほど試合が終わったばかりで場所が空いて――どわぁあああああああああああああああああああああ――ッ⁉」

猛速度で駆け出したリクスに轢《ひ》かれ、アルフレッドが明後日《あさって》の方向へ吹っ飛んでいく。

「な、なんじゃ⁉」

「お、おい！　どうした⁉」

「リクス君⁉」

何事かと、セレフィナ、ランディ、アニーが慌ててリクスの後を追う。

リクスが向かった先には、人だかりができており――

そして、そこには陰惨な光景が広がっていた。

「ぎゃはははははははは──ッ！　おい、シノ！　てめぇ、そんなものかぁ!?」

「げほっ……ごほっ……う、ぅ……」


全身焼け焦げて、打撲痕だらけ、見るも無惨《むざん》にズタボロになっているのは──《白の学級》の孤高の女子生徒、シノだ。

そして、そんなシノを前に、大笑いしている大柄な男子生徒。

《赤の学級》のゴードン＝グローライル……入学式で、シノやリクスと一悶着《ひともんちゃく》あったあの不良生徒であった。

恐らく、ゴードンがシノを強引に試合へ誘ったのだろう。

未《いま》だスフィアの開かれてない無力なシノを、無理矢理に。


「オラオラオラ──ッ!?　どうした、特待生様よぉおおおおおおお──っ!?」

「あ、ぁあああああああああああああああ──ッ!?」

ゴードンが眩《まばゆ》い稲妻をその腕に漲《みなぎ》らせ、シノへ容赦なく振り落とす。

弧を描いて飛来する稲妻に撃たれ、全身を壮絶な電流に食い荒らされ、さすがのシノも苦悶《くもん》の悲鳴を上げた。

「ぁ、あ、……ぐ……」

当然、シノはそのままぐらりと倒れ、意識を手放そうとするが。

「おっとぉう？」

ゴードンが腕を振ると、倒れかけるシノの身体《からだ》がピタリと止まる。

そして、まるで見えない何かに掴《つか》まれて宙づりにされたかのように、シノの身体が、だらりと立った状態で不自然に固定された。

恐らく物体の運動操作魔法だ。

そして、意識を繋《つな》げる気付けの魔法も使ったのだろう、シノの飛びかけていた意識が戻されており、シノは苦しそうに悶絶《もんぜつ》していた。

「……ぁ、……ぅ……」

「おいおいおいおい？　おねんねにゃーまだ、早いぜ……っ、とぉ！」

どすっ！

宙づりのシノへ、猛烈な腹パンを入れるゴードン。

「かはっ⁉　あぐっ⁉」

何も抵抗できないシノが、目を剝《む》いてブルブル震えていた。

勝負はついている。

その場の誰の目にも、明らかに二人の勝負はついている。

そもそも、シノはまだ魔法を使えない。最初から勝負にすらなってない。

なのに、ゴードンは止《や》めない。シノへの一方的な暴力を止めようとしない。

そして、この状況で何よりも不可解なのは――


「…………」


担当教師のダルウィンが、この理不尽な試合をまったく止めようとしないことだ。

冷たい目で流し見るだけで、ゴードンへ何も口出ししないのである。

「あ、あの……ゴードンさん？」

「その……さすがに、ちょっとやり過ぎじゃ……？」

むしろ、ゴードンの取り巻き達の方が、ドン引きでそんなことを言い始めていた。

「あー？　何言ってんだよ？　まだ、コイツ、倒れてないだろ？」

愉悦の顔のゴードンが、魔法で宙づりにしたシノに馴《な》れ馴《な》れしく肩組みして言った。

「ダルウィン先生は言ったよなぁ？　〝倒れるまでやれ〟って。俺は、ちゃあんと先生の言いつけ通りやってるだけだぜぇ？　まぁ、俺だって、そろそろ心が痛《いて》ぇんだ……いい加減、倒れてくれりゃいいのに、シノちゃん、まだまだ諦めずに立ち向かってくるからよぉ？

仕方なく相手してやってるわけだ。俺って真面目な優等生だからなぁ？」

「そ、そうっすよね……あはは……」

「ゴードンさんは、真面目だもんなぁ……」

何も言えなくなる取り巻き達。

学級内でゴードンは、余程暴君として君臨していたらしい。《赤の学級》の生徒達は誰一人、ゴードンに関わろうとせず、見て見ぬ振りであった。

そんな状況で、ゴードンは脱力して項垂《うなだ》れるシノの顎を、くいっと持ち上げ、獲物を前にした猛獣のように舌なめずりしながら言う。

「さぁて、シノ。俺とお前はこうして互角に戦ってるわけだが……そろそろ、この勝負にケリ付けたいよなぁ？

で、だ。さっきから何度も言っている通り、お前がある言葉を言ってくれりゃ、俺は今すぐ終わらせてやってもいいんだが……どうだ？」

「けほっ！　だっ……だから……ッ！　好きに……すればいいじゃない……ッ！」

シノが血反吐《ちへど》を吐きながら、絞り出すように言った。

「私のことが欲しいなら……ッ！　好きにすれば……いい……ッ！　貴方《あなた》の女でも……奴隷でも……なんでも……やって、こほっ！　やるわよ……ッ！

私なんか……どうせ……生きてる価値……ぅぐぅ――ッ!?」

ゴードンの重い拳が、何か言いかけたシノの腹にめり込む。

「違《ちげ》ぇよ。俺が聞きてえのはそれじゃねえ、ってか、それはもう確定事項だからな？

俺が聞きてえのは……〝私、この学院を退学します〟だ」

「……ッ！」

シノが微《かす》かに瞳を揺らす。

「いや、何、俺も困るんだよ……仮にもゴードン＝グローライルの女が、スフィアも開けねえ、無能の出来損ない学生、なんてのはよぉ？

外聞よろしくねえ。グローライルの沽券《こけん》ってやつに関わっちまうんだ。

だったら、お前が退学して、生徒でもなんでもなくなれば、問題ねえだろ？　それだったら、ただの遊びで囲ってる女、だからなぁ？　ぎゃはははははは！」

ゴードンのあまりにも身勝手な理屈に、見る者誰もが吐き気を禁じ得ない。

「ぎゃははは！　光栄に思えって！　そんだけ、俺がお前のことを気に入ってやったってことなんだからよぉ!?　お前、見てくれだけは、マジで最高だからなぁ！

ぎゃっははははははははははははは──っ！」

「……う……、ぁ……」

「なぁ、別にいいだろ？　やめちまえよ、学院！　どうせスフィアも開けねえ無能なんだからよ！　無理して在籍しても意味ねえだろ？　全てを棄《す》てて、俺に身も心も尽くす方がよっぽど有意義な人生ってもんだ！　だろ!?」

「わ、私……は……」

シノが震えながら、何かを言いかけて。

「…………」

そのまま押し黙って、目を伏せて。

「あらー？　シノちゃん、まだ諦めずに立ち向かってくるかー？

ナイスガッツ！　じゃあ、俺も正々堂々戦わねえと──なぁ!?」

強烈な稲妻を漲らせた腕をシノへと押しつけるゴードン。

「ぁああああああああああああああ──ッ!?」

途端、絹を裂くようなシノの悲鳴と稲妻の炸裂《さくれつ》音がアンサンブルした。

「あのクソ野郎ぉ……ッ！」

「最早、見ておれんわッ！」

ランディとセレフィナがいきり立つ。

「先生！　ダルウィン先生ッ！」

アニーが泣きながら、離れた場所で何事もなく佇《たたず》むダルウィンへと縋《すが》り付く。

「もう彼を止めてください！　あんなの酷《ひど》すぎます！」

だが、ダルウィンはそんなアニーを鬱陶しそうに突き飛ばして、冷酷に言った。

「見た所……あの二人は、まだ勝負がついてないが？」

「勝負⁉　そ、そんなの、もうとっくについて……ッ！」

「私は、〝倒れるまで〟と言った。そう宣言した以上、それが試合終了の絶対条件だ。

この場の戦いにおいて、絶対に覆《くつがえ》らないルールだ。

シノ＝ホワイナイトは、まだ倒れていない」

「そ、それは……ッ！　ゴードン君が魔法で、シノさんを縛ってるから……ッ⁉

あんなの卑怯《ひきょう》です！　酷いと、可哀想《かわいそう》と思わないんですか⁉」

「だから、貴様等は愚図なのだ。魔法が抱える闇と恐ろしさを何一つ理解していない」

ダルウィンの氷のような目に、思わずアニーが震える。

「魔法は、貴様等愚図共が考えるような、夢一杯のメルヘンお遊戯ではない。

魔術師の歴史は、常に血みどろの闘争の歴史だ。

そこに一般人の倫理や道徳、情は一切通用しない。

〝汝《なんじ》、望まば、他者の望みを炉にくべよ〟……己が我を押し通す力こそが全てだ。

いいか？　魔術師である以上、いつか必ず、貴様も闘争を避けられぬ時が来る。

そして、その手の連中は、あらゆる手段を使用して、貴様に自身の我を押し通しに来るだろう。貴様はそのような連中に対して、情や道徳を説くのか？　正義を語るのか？

ならば、魔術師など今すぐ辞めてしまえ。その方が貴様の身のためだ。

理解しろ。この場のルールにおいて、ゴードン＝グローライルは何も間違えていない。

無力なくせに、この学院にしがみ付き、安く試合を受けたシノ＝ホワイナイトこそ〝間違い〟なのだ」

「〜〜〜〜ッ⁉」

アニーは打ちひしがれたように硬直するしかなかった。

アニーは、ダルウィンの言葉を何一つ納得できない。

できないのだが……なんだろうか、この言葉の重さは。そして敗北感は。

「ハッ！　先生、アンタの理屈はクソだぜ！」

「ああ！　もう我慢の限界じゃ！」

最早《もはや》、乱闘も辞さない。ランディとセレフィナがそんな覚悟で、ゴードンに向かって飛び出しかけた……その時だった。

その二人の間の空間を、一条の閃光《せんこう》が駆け抜け、ゴードンへ真《ま》っ直《す》ぐ飛んでいく。

「なんだぁ？」

ゴードンが見もせずに、その閃光を指先で摘まみ受ける。

その閃光の正体は——投げナイフだ。

「そこまでにしとけ、ゴーギャン」

リクスだ。リクスがナイフを投げたのだ。

呆気《あっけ》に取られているランディとセレフィナを左右に押しのけて進み、リクスがゴードンの前に立つ。

「ああ？　舐《な》めてんのか？　俺はゴードンだ」

「そうだったか？　ゴーなんとか。生憎《あいにく》、こっちは九九すら覚えきれないんでね」

たちまち、ゴードンの表情が危険な怒りに燃え上がっていく。

ざわめくその場の生徒達。

「……り、く……、す……？」

意識を朦朧《もうろう》とさせているシノが、リクスに気付いて呻《うめ》く。

そんな周囲の状況を余所《よそ》に、リクスとゴードンが至近距離で睨《にら》み合う。

かなりの体格差があるので、ゴードンがリクスを見下ろす形だ。

「そういや、スフィアを開けないカスがシノの他にもう一人いたなぁ？　おい、てめぇ……カスの分際で、俺とシノの試合の邪魔してんじゃねえよ……殺されてえのか？」

「知るか。いい加減、早く終わらせろよ、その試合。次が詰まってんだから」

「ンだとぉ？　次だぁ？」

首を傾けるゴードンへ、リクスが堂々宣言する。

「俺と魔法戦で勝負だ。まさか、逃げないよな？　俺と戦いたくないからと、シノとの勝負を、これ以上、無駄に長引かせたりはしないよな？」

「──ッ！」

そんな挑発的なリクスに、ゴードンが一瞬呆気に取られて。

「ギャハハハハハハハハハハハハハハハハハハハハ──ッ！」

次の瞬間、獰猛に嗤《わら》い始めた。

「そう言えば、テメェには入学式での盛大な借りがあったなぁ⁉　いいぜ、受けてやるよ！　この大勢の前で、テメェを無様にぶっ殺してやるッ！」

ゴードンがそう叫んだ瞬間、ゴードンの全身から圧倒的な魔力が爆発的に溢《あふ》れた。

その禍々《まがまが》しい魔力圧は、その巨人のような存在感は、最早、学生のレベルではない。

「な、なんだ⁉　あいつのあの異常な魔力は⁉」

「あり得ぬ……ッ⁉　年季や才能で片付けられる魔力ではない！　いくらなんでも、何かがおかしいぞ……ッ！」

ランディや、セレフィナすらもゴードンの桁外れの魔力に驚愕《きょうがく》するしかない。

そして、シノがようやく解放される。

支えを失い床へと倒れ込むシノを、リクスが腕で受け止め、横抱きに抱え上げた。

「……少し待ってろ」

ぐったりとしたシノを、リクスは仲間達の場所へ運んでいく。

「……や、やるのか？　リクス」

「ああ、シノを頼む」

リクスは、シノをランディ達に引き渡した。

「待て！　今の彼奴《きゃつ》は何かがおかしい！　余も加勢する！」

「お、俺もだ！　こんなの黙って見てられるかってんだ！　足手纏《あしでまと》いかもだが――」

「駄目だ、二人とも。ダルウィン先生は一対一と言った。

そういうルールである以上、第三者の介入を許さないはずだ」

リクスがちらりとダルウィンを見て言う。

「ここは俺に任せてくれ」

そう言い残して、再びゴードンの元へと向かうリクスの背中へ。

「……やめとけよ」

声を浴びせる者がいた。いつの間にかやって来ていたアルフレッドだ。

「言っただろ？　〝剣士は魔術師には絶対勝てない〟……アレは厳然とした事実だ」

「…………」

「おまけに、あのゴードン……どういうわけか、並の導師を遥《はる》かに超える魔力を身につけている。魔術師でもなんでもない君が戦えば、タダじゃ済まないぞ？」

「ん？　俺を心配してくれてるのか？」

「だ、誰が君の心配などするか!?　君を倒すのは僕だ！　横取りされてたまるかというだけだ！」

アルフレッドが顔を真っ赤に怒らせて叫んだ。

「ま、今の君じゃ、今のゴードンの脅威など何もわからないだろうけどね」

「なんとなく、わかるさ……勘でね。俺の戦士としての本能が、産毛《うぶげ》に至るまで言ってる……〝今のあいつと絶対戦うな〟って」

「フン、どうだか。じゃあ、なぜ戦うんだ？」

すると、リクスはあっけらかんと答えた。

「古巣の流儀でね。仲間は守ると決めてるんだ」

「……な、仲間……？　私……が……？」

その時、床に横たわるシノが何事か呟《つぶや》いて、リクスを見上げる。

が、リクスは気付かない。

そのまま、ゴードンの元へと向かうのであった。

「さぁ、始めるか、ゴンドラ」

「ゴードンだ。へへへ、ぶっ殺してやるよ、リクスゥ」

「確認するが、こちとら魔法の使えない一般人だ。……抜いていいか？」

リクスは腰の剣を小突きながら、確認する。

「ああ、好きにしろ。そんな棒きれ、魔法戦にゃ屁《へ》の役にも立たんがなぁ？」

ニヤリと笑って同意するゴードン。

「しかしなぁ？　テメェは俺とシノの熱く胸躍る戦闘《バトル》に水を差したんだ……その落とし前だけは付けてもらわねえとなぁ？」

「落とし前？　どうすればいい？」

「何、簡単だ。それ相応のモンを、この戦いに賭けろってことさ。

そうだな。もし、お前が負けたら、お前も退学――」

退学しろ、とゴードンが言いかけたその時。

それに被《かぶ》せるように、リクスはこう言い切った。

「わかった。俺は命を、この戦いに賭ける」

あっさりと、そんな異常なことを。

「……はっ？　……えっ？」

「俺が負けたら、くれてやるよ、この命。

だが、その代わり、お前にも賭けてもらうぞ……お前の命をな」

「テメェ⁉　な、何、イカれたこと言って……ッ⁉」

「イカれてる？　元より戦闘《バトル》とはそういうものじゃないのか？　魔術師は違うのか？」

「い、イキッてんじゃねえぞ……そんなんで、この俺がビビるとでも……ッ!?」

ゴードンが、リクスの目を見る。

別に普通だ。狂気的な目とか、奈落のような目とか、そんなのではない。

激情に任せてイキッているわけでも、虚勢でもない。

リクスは普通に、ただ真っ直ぐ、ゴードンを見据えている。

普通だから、恐ろしい。

「野郎ォ……舐めやがってぇぇぇぇぇぇぇぇぇぇぇ——ッ!?」

その瞬間、心の中でゾクリと湧き上がった何かを否定するため、ゴードンは吠《ほ》えた。

その両手に、壮絶な稲妻を漲《みなぎ》らせて——

リクスとゴードンの〝死合い〟が始まるのであった。

「死ねぇぇぇぇぇぇぇぇぇぇぇぇぇぇぇぇぇ——ッ！」

ゴードンが両手を振り下ろす。

すると、それに応じて稲妻が、リクスの頭上から無数に落ちてくる。

激しく明滅、白熱する視界。耳をつんざくような轟音《ごうおん》。

壮絶な電流が、雨霰《あめあられ》とリクスへと降り注ぐ――

――が。


「……ふぅッ！」


リクスがゴードンへ向かって神速で踏み込み、一気に駆け抜ける。

そして、自分の頭上から落ちてくる稲妻を、駆け抜けながら微妙に左右に身体《からだ》を揺らして、その悉《ことごと》くをすり抜ける。

最短距離で、ゴードンとの間合いを一気に消し飛ばす。

「な――ッ⁉」

驚愕に歪《ゆが》むゴードンの顔。

そして、その首を狙って、リクスは抜剣。

そのまま鞘走《さやばし》りで爆発的に剣速を加速させ、剣を一閃《いっせん》した。

あまりにも鋭く、あまりにも正確無比に、リクスの剣がゴードンの首を捉える――

――が。

ガキンッ！

リクスの剣は、ゴードンの首にぶつかり、止まった。刃は一ミリも通っていない。

「……ッ⁉」

「へ、へへへ……脅かしやがって……ッ！」

表情を微《かす》かに驚きに揺らすリクスに、少し青ざめたゴードンが嫌な笑いを浮かべる。

ゴードンが再び稲妻を振るい、リクスは間合いを取って飛び下がる──

そして、そんな今の一合を見ていたセレフィナが苦々しげに言った。

「これじゃ！　ただの人間が、魔術師に絶対勝てぬ理由……防御力に差がありすぎるのだ

……ッ！」

「ああ、そうさ」

セレフィナの言葉に、アルフレッドが眼鏡を押し上げながら同意する。

「魔術師の基本中の基本……『身体強化魔法』。それが一定以上に極まると、魔術師の肉体は魔力で強固に保護され、魔力によらない物理的な攻撃がほとんど通らなくなる。

事実上、魔術師を倒すには、魔法的な攻撃以外に手段がない。

それに、ただの人間に対する魔術師の優位性はそれだけじゃない」

アルフレッドがそう言った、その時。


「オラオラオラオラオラオラァ――ッ！」


ゴードンが再び、稲妻を滅茶苦茶《めちゃくちゃ》に乱舞させ始める。

だが、そこは歴戦の傭兵《ようへい》リクス。

その稲妻の軌道を全て見切り、常人の目では追い切れぬ速度で、飛び下がり、右に身体を捌《さば》き、左に転がり、跳躍。

その稲妻の悉くを、回避し続ける。

だが――着地の瞬間を狙うように、リクスを稲妻が襲った。

否《いな》、それは狙ったというものではない、最初からリクスがそこに来るとわかっていたような、置き稲妻だ。

当然、直撃。


「ぐぅうううううう⁉」

全身を走る激痛に、リクスの表情が苦悶に歪む。

「な、なんだ、今のは……ッ⁉　リクスの動き、完璧に読まれてたぞ⁉

あんなに速く動いてたのに……ッ⁉」

ランディが信じられないとばかりに目を見開く。

「これが、ただの人間に対する魔術師の優位性、二つ目だ」

アルフレッドが言う。

「忘れたか？　魔術師は自身のスフィア領域内において〝全能〟なんだぞ？」

「あっ！　ま、まさか……」

「そうだ。魔術師は、自身のスフィア領域内の事象を完璧に知覚・把握できる。

リクスがいくら人間離れした速度で動こうが、フェイントを入れようが関係ない。

全部、バレバレだ。どう動くかわかれば、対処法はいくらでもある」

そして、そんなアルフレッド達の前で。

「しっかし、鬱陶しい脚だな……〝ちょっと大人しくしろ〟や」

そうゴードンが宣言した瞬間。

「……ッ⁉」

リクスの動きが、速度が、あからさまに鈍くなった。

そこへ、ゴードンの放った稲妻がさらに襲った。

「アレは弱体化《デバフ》の呪いか……ッ⁉」

「そうだ。魔術師相手にはそう簡単に入らないし、呪い返しの危険性もある。だけど、相手がただの人間なら、ノーリスクで入れ放題だ。

一般人が、魔術師のスフィア領域内で戦うとは……そういうことなんだ」

アルフレッドは鼻を鳴らして、さらに続けた。

「魔術師同士の戦いの本質は、互いのスフィア領域のせめぎ合いだ。

いかに相手のスフィアを削り、自身のスフィアで場を制圧するか、そこに集約される。

だが、ただの人間は……剣士には、それができない。

どうしたって剣士は、魔術師のスフィア領域内という地獄の死地で、無防備に戦うしかない。だから、僕ら魔術師の世界では通説なんだ。

〝剣士は魔術師には絶対勝てない〟、と」

そんなアルフレッドの解説に、ランディとアニーが押し黙る。

そして──

（なるほど。これは思った以上に詰んでいるな……）

実際、戦っているリクスも痛感していた。

たった一分にも満たない戦闘で、リクスは悟ったのだ。

この戦い、自分には万が一にも勝ち目はないのだ、と。

そして、そんなリクスの気付きを察したらしいゴードンが勝ち誇ったように笑う。

「わかったか？　俺とお前の格の差が。

入学式の時に、お前にしてやられたアレは、ただのまぐれだ。

たまたま、油断してて、身体強化とスフィアが間に合わなかっただけだ。

本気出せば、お前みたいなクズの雑魚《ざこ》、俺に敵《かな》うはずがねえ――……」


ガンッ！


気付けば、リクスの姿はゴードンの視界から消えていて、背後に回り込んでいる。

そして、剣をゴードンの背中に突き立てていた。

ゴードンは知るよしもなかったが、それは速度ではなく、卓越した技術。人の意識の虚を突く暗殺剣だ。

〝全能〟で構えていたのに、速度を弱体化したのに、なおも摑《つか》めないその動き。

ゴードンは背筋を駆け上がる薄ら寒いものを禁じ得ない。

しかも、ゴードンの身体強化魔法に阻《はば》まれ、その刃《やいば》自体は通ってないが……リクスが剣を突き立てたその位置は、あまりにも正確無比に〝心臓〟。

先刻の首狙いといい、今の心臓狙いといい、完全にゴードンを殺しに来ている。

そこに躊躇《ため》いがまったく感じられない。

もし、身体強化魔法がなかったら、もし、リクスの剣に誰かが魔力を付呪していたら、ゴードンはすでに二度殺されている──

「や、野郎《やろ》ぉおおおおおおお──ッ⁉」

屈辱の怒りにまかせて、ゴードンが稲妻を振るう。

大気を震わせる轟音。視界を埋め尽くす光撃の乱舞。

今度はかわしきれない。

「がはっ⁉」

リクスが稲妻の直撃を受け、吹き飛んでいく。

それが決定打だった。

一般人のリクスが、ゴードン相手に善戦できたのは、ここまでだ。

「コケにしやがってぇえええええ!?　この世に生まれたことを後悔させてやるよぉおおおおおおお──ッ！」

ゴードンは、稲妻だけでなく、爆炎、氷嵐、風の刃──様々な攻撃魔法で、リクスを滅多打ちにしていく。

それは、さきほどのゴードンとシノの試合という名の拷問の焼き直しだ。

リクスが壊れていく。

燃やされ、焦がされ、切り刻まれ、打ちのめされ、すり潰されていく。

あまりにも凄惨な光景に、その場の誰もが言葉を失うしかなかった。

──。

（あー……この感覚……死ぬな……）

全身を襲う、壮絶な魔法の暴力と激痛に、リクスはぼんやり思った。

今、自分が限りなく死に近づいているのがわかる。

あの幼い頃からずっと慣れ親しんだ、死の感覚が。もうすぐそこまで来ている。

（ああ……こうしていると思い出す……あの頃を……エンドヤードの森を……）

稲妻がリクスを蹂躙《じゅうりん》する、蹂躙する、蹂躙する。

(聞こえてくる……あの懐《なつ》かしい歌が……)

爆炎がリクスを焦がす、焦がす、焦がす。

(ヤバいな……また、見えてくる……見えてしまう……剣先にあの光が……)

風の刃が、リクスをなます斬りにする。

虚空《こくう》に血華が幾つも咲く。

(もう……こんな光……二度と見たく……なかったんだけどな……だけど……)

それでも、生きたいのだ、リクスは。

人間として生きたい。

だが——その光を見れば、きっとリクスは人間から遠ざかる。

人間として生きたいのに、生きようとすれば、人間から遠ざかるこの自己矛盾。


「リクス！　くそっ！　しっかりしろ、リクスゥウウウウ！」

「止《や》めて！　お願い、もう止めてぇえええっ！」

「リクス！　汝《なれ》は頑張った！　もう良い、後は余に任せよ！　だから——……」

仲間達の声が遠く聞こえる。

本当は生きてる資格など微塵《みじん》もないこんな自分に、もったいないほどの良い友達だ。

彼らと出会えただけで、この学院にやって来た意味と甲斐《かい》はあったと思う。

（戦いとは無縁の世界で、幸せな人生を送る……そんなの最初から、俺には無理だってわかってはいたけどさぁ……もう少し皆と一緒にいたいなぁ……だから……）

だから。

リクスは、ほんのちょっとだけ人間をやめることにした。


────。


「しっかしまぁ……てめぇ、よくそんな状態で倒れずにいられるなぁ？」

小馬鹿にしたようなゴードンの声が響き渡る。

一旦、攻撃の手を止めたゴードンの前には、虫の息のリクスが立っている。

それはもう酷《ひど》い状態だ。まだ生きているのが不思議なくらいだ。

両手で持った剣を地面に突き刺し、それで身体《からだ》を支えている。

「で？　どうだ？　理解したか？　俺とお前の格の違いを。土下座して、一生俺の奴隷になると誓えば、許してやらんこともないぜ？　どうだ？」

ゴードンが問いかけると。

「……が……っ……」

「ん？」

朦朧《もうろう》としているリクスが、何事かをぶつぶつ呟《つぶや》いていることに気付く。

「あん？　てめぇ……一体、何を言って……？」

「……〝赤い実が一つ〟……」

よくよくゴードンが耳を澄ませてみると。

「……〝丸い実が二つ〟……」

リクスが口ずさんでいるのは、詩《うた》だ。

「……〝小さい実が三つ〟……」

まるで母親が幼子を寝かしつける時に歌うような、童歌《わらべうた》のような。
どこにでもありそうな、なんでもない詩。
だが——なぜだろうか？
「う、あ……ぁ、ぁあああああああああ……ッ⁉」
その詩を聞いた瞬間、ゴードンの全身がぞわりと怖気立《おぞけだ》った。
彼の魔術師としての優れた感覚が、全能のスフィアが、瞬時に理解する。
今すぐ、このリクスを殺さなければならない。
殺さないと——自分が死ぬ。
（は……？　こ、殺す……？　お、俺が人を殺す……だって……？）
だが、そのあまりにも重すぎる十字架に、一瞬の躊躇いがゴードンに走る。
今まで、ゴードンがぶっ殺すぶっ殺す言ってても、しょせん、それは口だけだ。
さすがに人を殺したら学院にいられなくなるし、貴族としても色々と大問題だ。
今までだって暴力と共に生きては来たが、精々やって〝半殺し〟までだ。
だから躊躇う。当然だ。
そして、その一瞬の躊躇いが——致命的だった。

「……〝我らが愛した、エンドヤードの森で〟……」

その時、完全に死に体だったリクスが、地面に突き立てていた剣を抜いて……ゆっくりと振り上げて……まるで人形のような、機械のようなその所作。

なぜか、その姿が、存在が、ただただ恐ろしい。恐ろしい。恐ろしい。

「うぁ、うおああ――ッ!?」

そんなリクスを消し飛ばそうと、ゴードンが両手でこれまでで一番の威力の稲妻を溜《た》めて漲《みなぎ》らせるが――もう、すでに、何もかもが遅い。

「……〝子狐《こぎつね》、鳴いた〟」

瞬間、リクスの姿がゴードンの視界から消えた。

ただ、その剣先に……〝光〟が見えた、気がした。

――――。

「い、今……何が起きたんだ……？」

リクスとゴードンの戦いを見守っていた全ての生徒達が呆然《ぼうぜん》としていた。

今、一同の前には、剣を振り抜いた格好のリクスと、呆然と立ち尽くすゴードンが、背中合わせに立っている。

その瞬間は、誰もよく見えなかった。

ただ、ほんの一瞬、〝光〟が見えた……そんな気がした。

「て、テメエ……今……何やった……？」

ゴードンが震えながら、リクスを振り返ろうとして……

「ごっはああああああああああああああ――ッ⁉」

盛大に血を吐いていた。

見れば、ゴードンの身体が左肩から右腰にかけて、バッサリと一刀されてる。

あり得な過ぎる光景であった。ゴードンの身体強化魔法とスフィアの強固な守りが、一般人のただの剣の一撃で突破されたのだ。

「ぎゃああああああああ⁉　痛《いて》ぇ⁉　痛ええええええええええ⁉　マ、マジかよ、コレぇ⁉　だ、誰か助けてくれぇぇぇぇぇぇぇぇぇぇぇぇぇぇ――ッ⁉」

辛《かろ》うじて致命傷には至らず、ゴードンは泣き叫びながら、地面をジタバタ転げ回る。

完全に集中と精神が乱れている。こうなるとスフィアも身体強化も体《てい》を成さない。

今のゴードンは、無力なただの人間だ。

そして、そんなあり得ない光景を前に、誰も動けない。

ただ一人を除いて。

「………………」

リクスだ。

リクスが転げ回るゴードンの傍《かたわ》らに、無言で立ちはだかったのだ。

その目に無限の虚無を湛《たた》えて――

「ひぃっ⁉」

そのリクスの姿に、ゴードンが怯《おび》える。

「わ、わかった！　わかった！　お、俺の負けだッ！　もう、シノには手を出さねぇ！　お前にも土下座で謝る！　だっ、だから、もう……ッ⁉」

聞かず、リクスが無言で剣を振り上げる。

頭上でくるりと剣を回転させ、逆手に持ち替え、切っ先をゴードンの頭部へ向ける。

そのリクスの姿に、ゴードンがさらに震え上がる。

「……な、なぁ……おい、嘘《うそ》だろ……嘘だろぉ……ッ⁉　この戦いに、互いの命をかけるって……アレ、冗談だろ⁉　なぁ⁉」

ゴードンがリクスの目を見る。

ゴードンを見下ろすリクスの目には、何の感情も光もない。無限の虚無だ。

まるで予《あらかじ》め決められた行動を実行する、自動人形だ。

リクスがこれから何を行うか……最早《もはや》、火を見るよりも明らかだった。

「や、やだぁああああああああ──ッ⁉　ママァアアアアアア⁉」

半狂乱で泣き叫ぶゴードンの頭部へ。

リクスは、閃光《せんこう》のように剣を振り下ろした。

その瞬間、続く凄惨な光景の予感に、誰もが思わず目を覆うが。

ザクッ！

リクスの剣が突き刺したのは、ゴードンの頭部のすぐ傍《そば》の地面だった。

「ジョークでぇ〜っす！」

リクスの戯《おど》けた声が辺りに響き渡る。

「やるわけないじゃん、たかが授業中の試合でさぁ？　冗談に決まってるだろ？

だから、その、なんだ？　手、離してくれないかな、シノ」

見れば、シノがリクスの背中側から腕を回して、リクスにしがみ付いていた。

まるで遠い所に行こうとしているリクスを、必死に引き止めようとせんばかりに。

いつも通りに戯けてみせるリクスを確認したシノは、微《かす》かに、本当に微かに安堵《あんど》したような息を吐いて、リクスから離れる。

「……フン」

そして、鼻を鳴らしてそっぽを向くのであった。

そんなシノを尻目に、リクスはゴードンを煽《あお》りにかかる。

「ねえ、ビビった？　ビビっちゃった？　ねぇ？」

反応はない。

当のゴードンは白目を剝《む》いて泡を吹いて、大の字で気絶していた。

「あらら、ちょっと冗談キツすぎたかな……？　ごめん」

さすがに悪いことしたかなと、リクスが気まずそうに頰をかく。

「ほっ……なんだ、冗談かよ……一瞬、本気かと思ったぜ……」

「あ、焦《あせ》らせおってからに……」

「良かった……」

そんなリクスの様子に、固唾《の》を呑んで見守っていた、ランディ、セレフィナ、アニーがほっと胸をなで下ろす。

その場の生徒達の緊張も弛緩《しかん》していく。

「しかし……なんで、急にリクスの攻撃がゴードンに通ったんだ?」

「さてな。ゴードンのやつ、大方、試合中に集中を切らせて、身体強化に隙を作ったんじゃろ。それ以外に考えられぬ」

「フン、相手が間抜け野郎のお陰で助かったってわけか。悪運の強いやつだ」

ランディの疑問に、セレフィナ、アルフレッドがそう結論する。

リクスの奇跡の逆転勝利の理由については、大方、それがその場の共通見解となったようであった。

と、そんなやり取りを尻目に。

「しっかしなぁ……あの君が抱きついてまで、俺を止めようとするなんてね……」

リクスが、自分に背を向けているシノへ声をかける。

「え? 何? 俺、そんなヤバいやつに見えたの? 軽くショックなんですけど」

「………別に」

シノが、そんなリクスを置いて、フラフラ去って行こうとする。

だが、ダメージがまったく回復しておらず、そのままバタンと倒れ伏してしまう。

「うお⁉　シノォ⁉　大丈夫か⁉」

リクスが倒れ伏すシノへ駆け寄ろうとするが。

「って、うっわ、やべぇ……俺も限界だった……」

リクスもそのまま、その場にパッタリと倒れ伏してしまうのであった。

「う、うわぁああああああああ⁉　リクスぅううううう⁉」

「アニー！　治療じゃ！　リクスを治療するのだ！」

「う、うんっ！」

たちまち大騒ぎとなる生徒達だったが。

「おい。貴様等……授業中だぞ？　とっとと試合を続けろ、愚図共」

「ええええええええ⁉　この状況で⁉」

「もうなんなんだよ、この学院の先生達！」

まったくブレないダルウィンに、生徒達は頭を抱えるしかないのであった──

第七章　似た者二人

そこは、学院校舎内の一角にある医務室。

白いベッドが幾つか並び、外に面した大きなアーチ型の格子窓《こうし》からは、山と森に囲まれた湖の風景が見える。

壁には薬品棚があり、様々な医療用らしき魔法薬が収められている。

そんな医務室内の、隣り合う二つのベッドの上に。

「…………」

「…………」

リクスとシノが寝かされていた。

二人が負った傷は、学院の法医師ルシア＝ヒーリアスの治癒魔法と秘薬によって、痕も残さず、完璧に治療されている。

ただ、失った体力だけは、時間経過による自然回復の方がいいらしく、しばらくの間、この医務室で安静にしてろとのことだった。

今、この医務室内には、二人の他に誰もいない。

もちろん、ゴードンもいたのだが、彼は治療が終わるや否《いな》や、なぜかルシアとダルウィンによってどこかに連れて行かれてしまった。

その時はまだ意識が朦朧《もうろう》としていたので、その経緯や詳細は不明だ。興味もない。

「しっかし、ルシア先生って凄《すご》いよな？　俺、あんな怪我《けが》して、絶対再起不能になるって思ってたよ……それにスタイル抜群で、滅茶苦茶《めちゃくちゃ》美人だったしな」

沈黙が気まずいので、肘枕状態のリクスが隣のシノへ適当に話しかける。

正直、反応はあまり期待していなかったのだが……

「……ふうん？　貴方《あなた》って、ああいう歳上《としうえ》の女性が好みなわけ？」

意外にも、シノが天井をぼんやり見つめたまま、そう返してくる。

「おう。歳上の大人なお姉さんが好きなのは、全世界の思春期男子の共通事項だ」

「そう。キッモ……」

会話が成立しても、シノの辛辣さは相変わらずであった。

だが、今までと違って、どこか拗《す》ねているような雰囲気があるのは気のせいか。

それにしても暇だなぁ、とリクスが欠伸《あくび》をかみ殺していると。

突然、シノがのそりと上半身を起こし、リクスへ話しかけてくる。

「……貴方の本質が見えたわ」

「なんだよ？　いきなり」

唐突に変な話題を振られてリクスが驚くが、構わずシノが続ける。

「貴方は……必死に〝人間〟の振りをしようとしている〝人形〟よ」

「！」

一瞬、リクスは返しに詰まってから、戯けたように返す。

「……ははは、なんだそれ？　何を根拠に」

「勘。わりと良く当たるわ」

「残念ながらハズレだ、思春期乙！　あー、それにしても腹が減って……」

そう断じてリクスがはぐらかそうとすると。

「もし、あの時」

シノがさらに食い下がってくる。

「貴方とゴードンの戦いの、最後のあの時。あの瞬間。

私が止めなかったら……貴方の剣は、本当に止まってた？」

「…………」

その瞬間、今度こそリクスは完全に返しに詰まってしまって。

「昔……色々とあったんだよ。色々と」

やがて観念したように、ため息混じりにそう呟《つぶや》くのであった。

「皆にバラすか？　俺が心底からヤバい、イカれサイコ野郎だって」

「別に。興味ないし。ただ、不思議に思っただけ」

「何が？」

「はっきり言って、貴方は日向《ひなた》の世界じゃ生きられない人間。

血みどろの闇の世界の中でこそ、闇より暗く輝く存在。その血と死と闘争の呪縛から決して逃れられない……貴方だって本当は理解しているはず」

「………」

「なのに……貴方は頑張ってる。この日向の世界で居場所を作ろうと必死に。

多分、徒労になるって、貴方自身薄々わかっているはずなのに、貴方は必死に人間の振りをしながら頑張ってる。この一ヶ月間の貴方を見てれば……わかる」

「え？　そんなに俺のこと、ずっと見てたの？　ま、まさか、惚《ほ》れた⁉」

「馬鹿。死ね」

今までのシノの凍れる言葉の刃《やいば》の中で、トップタイの切れ味だった。

あまりの痛さに悶絶《もんぜつ》するリクスに、シノはさらに続ける。

「なのに、なぜ貴方はそんな無駄な努力をするわけ？　なんの意味があるの？」

すると、リクスは頭の後ろで手を組み、天井を見上げながら何気なく言った。

「んー？　無駄だったら努力したらいけないのか？　意味がなかったら駄目なのか？」

「！」

今度、言葉に詰まるのはシノの方であった。

そんなシノへ、リクスがニヤリと笑いながら続ける。

「俺はさ、幸せになりたいんだよ。

魔術師になって、血《ち》生臭い戦いとは無縁の職業に就き、可愛《かわい》い嫁さんもらって、平和に楽しく暮らして、最期《さいご》は孫達に囲まれてベッドの上で死ぬんだ」

「…………」

「今、俺がこうしてこの世界に、この場所に存在することが奇跡なんだ。

だったら、その奇跡に乗っかって、最大限、欲張ったって別にいいだろ？　駄目だったら駄目で……まぁ、またその時、考えればいいじゃん」

「…………」

「それに……ひょっとしたら、本当に奇跡だって起こるかもだろ？

ほら、よくあるじゃん？　おとぎ話とかで……人形が女の子のキスで本物の人間になるとか、そういうやつ。

頑張れば、ワンチャンそういう系の逆転チャンスあるかもしれないだろ?」

シノからの反応がまったくない。

奇妙な沈黙が、しばらくの間、二人の間を支配する。

うーん、滑ったかな……? と、リクスが恥ずかしく思いながら、おそるおそる視線をずらし、シノの横顔を改めて見ると。

ぽたり、ぽた、ぽた……水滴が毛布に落ちる音。

「…………っ」

なぜか、シノが静かに涙を流していた。

「は⁉ お、おい、シノ……どうした⁉ 俺、何か拙《まず》いこと言ったか⁉」

そんなリクスの問いには答えず、シノが一方的に聞いてくる。

「ねぇ……一つ聞いていい? もし……もしの話よ……? あくまで、もし……」

「お、おう……」

「もし、この世界に存在する資格がない者がいたとして……幸せになる資格なんてない大罪人がいたとして……」

「よくわからんが、多分、それ、君のことだよな?」

「空気読め、馬鹿!」

「ゴメェン⁉」

泣き顔のシノに怒鳴られて縮こまるリクス。

「そんな人間でも……幸せになっていいの？　幸せを望んでもいいの？」

涙をゴシゴシと拭うシノへ、リクスがあっさり答えた。

「いいに決まってるだろ」

「…………」

「確かに、どうしたって死ななきゃいけない人間はいるけどさ……それでも、幸せを望んだり、目指したり、それ自体は個人の自由だろ？

もし、本当にそれが許されないなら、いずれこの世界が正当な理由と正義で、そいつの幸せを阻《はば》むはずさ。

俺だって似たようなもんだ。だから……俺も覚悟はしているよ」

「でも、じゃあ……それって、やっぱり無駄で無意味なことじゃないの……？」

「かもな。でも、その時まで楽しけりゃ、それでいい。人生は奇跡なんだ。なるべく、ぎりぎりまで楽しまなきゃ損だろ？」

すると、シノはそのまましばらく押し黙って。

「……ふっ……ふふふ……あはは……」

やがて、微《かす》かに肩を震わせ、泣き笑いを始めるのであった。

今までの無感情で能面なシノからは、想像もつかない姿だった。

「……シノ？」

「ふふっ……何それ？　ああ、おかしい、馬鹿みたい。

やっぱり……貴方って、〝あの男〟そっくり……」

「〝あの男〟？　……昔の彼氏か？」

「誰がッ⁉　私は処女よッッッ⁉」

「し、シノさーん？　ちょ、何言っちゃってるんすかー？」

「──ハッ⁉　あ、貴方、何言わせるのよ、馬鹿ァアアアアアアア──ッ⁉」

「理不尽⁉」

シノから、枕を猛烈に顔面へ投げ叩《たた》きつけられるリクスであった。

と、そんな時だった。

「おーい、生きてるかぁ？　リクス」

医務室の扉が開き、新品のローブを見るも無惨《むざん》にボロボロにしたランディ、アニー、セレフィナの三人が入ってくる。

「ったく……ダルウィン先生はマジで最低最悪だったぜ……ッ！　卒業までに絶対、一発ブン殴ってやる……ッ！」

「うむ……余も手伝うぞ……ッ！　あの悪逆非道な男に正義の鉄槌《てっつい》を……ッ！」

ランディとセレフィナはいかにも怒り心頭といった感じだった。

「……何があったんだ？」

「あはは……ダルウィン先生がね、四勝してもうすぐ勝ち抜けようとする生徒達に、片端から勝負を挑んで来たんだよ……」

「はぁ!?　なんだ、その無理ゲーは!?」

「うん。それで、皆、気絶させられちゃってね……一人も勝ち抜けできなくて……」

「うわぁ」

なんていうか、〝私が参戦しないとは一言も言ってないが？〟……そうぬけぬけと言ってのけるダルウィンの姿が、目に浮かぶようであった。

「それで私達、結局、先生に〝全員、なってないな〟と、しごかれてて……先生ｖｓ生徒全員の一斉魔法戦。もちろん、私達、一方的に蹴散らされちゃって」

「大人げないにも程があるだろ、あのド畜生ッ！」

「ああもう、腹立つのぉおおおおッ！」

見れば、ランディとセレフィナは怒りと興奮冷めやらぬ、といった感じであった。

「ていうか、アレと戦って、よく生きてたな、俺達……」

「な、何度、川の手前で亡《な》きお爺《じい》様に追い返されたことか……ッ！」

かと思えば、次の瞬間、二人は真っ青になってガクブル震えている。

どうやら相当のトラウマになったらしい。

「でも……リクス君が無事で良かったよ……シノさんも」

「ああ、ごめんな、心配かけて」

「………………」

気まずそうに頬をかくリクスに、シノが無言で目を伏せる。

すると、アニーがリクスの手を取って、懇願するように言った。

「アニー？」

「リクス君とゴードン君の試合の、最後のあの時……

なんか……リクス君が遠い所に行っちゃうかと思った……」

アニーはアニーなりに、先のリクスに不穏な何かを感じ取っていたらしい。

リクスの手を取ったまま、そんな風にリクスを真《ま》っ直《す》ぐ見つめてくる。

「もう二度と、あんな怖いことは止《や》めてね？　約束して」

「……ああ、約束する。本当にごめんな」

リクスがそんなアニーを見つめ返し、そう言って静かに頷《うなず》く。

そんな風に二人が見つめ合っていると。

「そう言えば……リクスの好みの女性は、歳上《としうえ》の大人なお姉さんだって」

なぜか、シノがそんなことを冷たく言い捨て、そっぽを向いて毛布を被《かぶ》るのであった。

「ねぇ？　なんで、よりにもよってこのタイミングでそれを暴露するわけ？」

「……フン」

「えっ!?　そ、そうなの？　リクス君、歳上のお姉さんがいいの……？」

「君も、なぜ乗る？　アニー」

わけがわからないリクスが頬を引きつらせていると。

「ええい！　このムカつきは遊んで発散するしかねえ！　おい、リクス！　今度の週末、皆でキャンベル・ストリートに繰り出して、豪遊すっぞ！」

「うむ！　今のささくれ立った余らに必要なのは、圧倒的な娯楽なのだッ！」

ランディとセレフィナが、リクスに迫ってくる。

リクスはそんな連中を見回しながら、苦笑いするのであった。

――――。

そして――後日の放課後。環状列石《ストーンサークル》の魔法儀式場にて。

いつも通り、アンナ先生の監督の下、リクスとシノがスフィア開放に挑んでいると。

「あ、あれれ……シノさん？　ええと、貴女《あなた》……」

「……っ！」

今までの苦戦ぶりと苦労は一体何だったんだと言わんばかりに、シノのスフィアが、あっさりと開放されていた。

当のシノ本人もびっくりしたような顔で、自身の周囲に展開されている半径五メートルほどのスフィアを見つめている。

「おめでとうございます！　シノさん！　ああ、良かった！　シノさんがスフィアを開くことができて、本当に良かったです！」

手を叩いて大喜びするアンナ先生。

「ついにできたのか⁉　良かったじゃないか、シノ！」

リクスもまるで自分のことのように、呆然《ぼうぜん》とするシノの手を取って喜んでいる。

「しかし……どうして、君、急にスフィアを開けるようになったんだ？」

「……さぁ？」

二人が小首を傾《かし》げていると、アンナ先生が嬉々《きき》として答える。

「実は、スフィア開放は自身の心境、内面……要は精神的な要因も大きいんです。ねぇ、シノさん。貴女、最近、何か大きな心境の変化でもありませんでしたか？」

そんなアンナ先生の問いに、シノはちらりとリクスを流し見て。

次の瞬間、ふいと目を逸《そ》らし、ボソリと呟《つぶや》く。

「さあ？　全然、心当たりないわ」

「そうか……うーん、俺も何か参考になるかと思ったんだがな……」

すると、リクスが残念そうに頭をかく。

「とはいえ、本当におめでとうな、シノ！　これで学院退学せずに済むぞ！」

「ふ、ふんっ！　貴方《あなた》は、私に構ってる場合じゃないでしょう⁉」

すると、微かに顔を赤らめながらシノがアンナ先生へ言った。

「今まで、この不肖の身に、辛抱強いご指導ご鞭撻《べんたつ》のほどありがとうございました、先生。

そして、ついでと言ってはなんですが……今後ともこの馬鹿《リクス》をよろしくお願いします。どうか見限らないでやってください」

「シノ？」

シノの意外な発言に、リクスは目を瞬《しばたた》かせて。

「……えっ？　あっ、はい！　そうですね、そういえば、まだリクス君が残ってましたね……喜ぶのは早かったですね、あはは……」

アンナ先生は、どこか気まずそうに曖昧に笑っている。

シノは、そんなアンナ先生へ一礼すると、踵《きびす》を返してその場を立ち去っていく。

そして、リクスとすれ違い様に、こう呟いた。

「……気張りなさいよ」

「！」

そんなシノの言葉に、リクスはどうにも頬が緩むのを抑えきれない。

（ま、シノもああ言ってくれてることだし、ぼちぼち頑張りますかね！）

そう心の中で気合いを入れ直して。

リクスは手に持った〝愚者の霊薬〟を一気飲みするのであった。

第八章　キャンベル・ストリートの異変

「……失礼します」

その日、ダルウィンが学院長室の扉を叩いて入室すると。

そこには――

「うむッ！　待っていたぞ、ダルウィン君！」

学院長ジェイクと。

「お先に～」

『身体強化魔法』の担当導師、クロフォードがいた。

二人とも品の良い硝子《ガラス》の小テーブルを挟んでソファに腰掛け、やたら高そうなワインを酌《く》み交わしている。

「駆けつけ一杯いる？」

「要らん。私は酒は飲まん」

「相変わらず堅いね、君。はぁ……面倒臭《くせ》え……」

ダルウィンへ差し出したグラスを、すごすご引っ込めるクロフォード。

「ところで聞いたぞ、ダルウィン。君、まーた初回の授業でやったな？」

「フン……アレで少しは魔法に対する甘さや幻想を棄《す》て、恐ろしさと危険性を認識すればいいのだがな。平和ボケして脳内花畑な愚図共には良い薬だ」

「それ、劇薬の類いだけどな」

「だが、その劇薬が遅かれ早かれ、必要なのは事実！　毎年汚れ役を感謝するぞ！」

「それにしたって、やり方があるだろう？　せめて、あの闘技場全体に、予《あらかじ》め致命傷だけは確実に防ぐ結界を、君が張ってることを伝えとくとかさ……」

「温《ぬる》い。〝死〟と〝恐怖〟を肌で感じなければ、あの授業に意味など微塵《みじん》もない」

「はぁ……ったく。だから、君は生徒達から嫌われるんだよ」

まぁ、卒業生で君を心底から嫌ってるやつは殆《ほとん》どいないけどな……と、そんな言葉をクロフォードはワインで飲み下した。

だが、まったく気にした風もなく、ダルウィンが切り出す。

「本題に移りたい」

「はぁ……その話、やっぱりやるのか。面倒臭ぇ……」

「では、単刀直入に聞こう！　結果はどうだったか⁉」

「察しの通り、〝黒〟です」

ジェイク学院長が問うと、ダルウィンは懐《ふところ》から何かを取り出して、それを硝子テーブル上に置いた。

それは——小指の先ほどの小さな骨片だった。

表面に異様な黒文字が細かく書かれており、見ているだけで気分が悪くなってくる。

「ルシア先生と共に、学士生ゴードンの身体を徹底的に調査しました。するとと、やはり摘出されました——この〝魔王遺物〟が」

「……やはりか」

「ちっ、面倒臭ぇ……」

ジェイク学院長が声のトーンを落として神妙に頷き、クロフォードが舌打ちする。

「《宵闇の魔王》——今から二千年前の神話時代、この世界を恐怖と絶望のどん底に叩《たた》き落とした、世界史上最強最悪の魔術師。

全てを破壊し尽くし、あらゆる生命を喰《く》らい尽くしたという、暴虐と暴食の魔王。

その魔王の遺体の一部——〝魔王遺物〟。持つ者に《宵闇の魔王》の絶大なる魔力と深《しん》淵《えん》なる知識を与えるもの。もっとも……これは三等遺物ですがね」

「だろうな。二等以上だったら、今頃、学院吹っ飛んでるだろうしな」

「うむ」

頭を掻《か》くクロフォードに、ジェイク学院長が頷く。

「しかし、それを所持していたということは間違いありません。

学士生ゴードンは《祈祷《きとう》派》です」

ダルウィンの断定に、ジェイク学院長とクロフォードの顔に緊張が走る。

《祈祷派》――それは、この学院の最暗部だ。

かつて《宵闇の魔王》が振るったという謎の魔法――『祈祷魔法』。

それこそが、《宵闇の魔王》が人類史上比類なき最強の魔術師であった所以《ゆえん》だ。

長年、その魔法の正体は謎に包まれていたが、近年、《宵闇の魔王》の遺体――〝魔王遺物〟が発掘されてしまってから、状況が変わった。

〝魔王遺物〟から得られる魔力と知識から、大いなる『祈祷魔法』を蘇《よみがえ》らせ、極めようという学閥が、エストリア魔法学院で結成されたのだ。

それが――《祈祷派》。

一時、それは魔法界の新時代を切り開く最新鋭の主流として、エストリア魔法学院で持てはやされたが……『祈祷魔法』に深く関わると、例外なく精神を侵され、徐々に正気を失い、破壊的・破滅的思考に引きずられて、〝人〟でなくなっていくことが判明。

当然、そんな危険な学閥はすぐに禁止・解体され、現存する〝魔王遺物〟の多くが回収封印された。

だが——今もなお、エストリア魔法学院の裏側には根強く残っている。

ごく少数ながら、ひっそりと息を潜めて、同じ志を持つ者同士、闇の中で身を寄せ合って。《祈祷派》はこのエストリア魔法学院の中に、確実に存在するのだ。

「もっとも……学士生ゴードンは、何者かの傀儡《かいらい》に過ぎませんがね。

その愚図の記憶を魔法で洗いましたが、つい最近、何者かによって〝魔王遺物〟を渡され、その力の強さに溺れていただけです。祈祷魔法の〝き〟の字も知りません」

「んんん？　完全秘密主義の連中にしては、かなり大胆なことをしたな？」

「うむ、珍しい！　何かよほど、そうするだけの価値があることが、裏にあったのかも知れないな！」

「で？　ゴードン君に〝魔王遺物〟を渡した者は誰だい？　何が目的だ？」

「その部分には、特に完璧な記憶消去が施されていた。

恐らく、学士生ゴードンに接触した《祈祷派》の者の仕業だろう」

「残念だ！　だが、《祈祷派》が簡単に尻尾を掴《つか》ませぬのはいつものこと！

だが、それでも《祈祷派》だけは、決して存在を許してはならんのだ！

たとえば、君達もあの『ダードリックの惨劇』は、記憶に新しいだろう⁉」

ジェイク学院長の言葉に、ダルウィンとクロフォードが押し黙る。

「最近、《祈祷派》の動きが活発だ！　先の新入生を乗せたエストリア行きの定期便を襲った、あの不自然過ぎる海魔の出現も、裏で《祈祷派》が糸を引いていたと見ている！

そして、君達もゆめ身辺に気をつけてくれ！

《祈祷派》の真に恐ろしい所は、その絶大なる魔法の力ではない！

一体、誰が《祈祷派》なのか、全くわからないという点なのだ！」

そう言ってジェイク学院長は立ち上がり、窓際《まどぎわ》に立って外の風景を見つめ始めた。

「連中は極端な秘匿主義体制を貫いている！　学院内の関係者……導師、生徒、職員……誰が《祈祷派》であってもおかしくないのだ！　新入生ですら例外ではない！

そして、メンバーが全員、〝魔王遺物〟を持っている以上、魔術師としての年季はまるで意味をなさない！　君達ほどの魔術師でも、油断すれば一瞬で喰われかねない！」

「ええ、わかってますよ。面倒臭ぇですけど」

「…………」

「今、この私が、確実に《祈祷派》でないと信頼できる者は少ない！

その代表格が君達二人だ！

どうか、連中に足下を掬《すく》われぬよう気をつけてくれ！

そして、これからもよろしく頼む！《祈祷派》を完全撲滅するその時まで！」

　こうして。

　ジェイク、クロフォード、ダルウィンの三人の密《ひそ》かな会合の幕が閉じるのであった。


　そして——導師宿舎への帰り道。

「そういえば、ダルウィン。面倒臭えけど一ついいかい？」

「なんだ？」

「話に聞いたんだが……君の授業で、〝魔王遺物〟で強化されたゴードン君を、リクス君が剣で斬ったらしいが、それは本当かい？」

「事実だ」

　ダルウィンが蔑むように鼻を鳴らす。

「大方、慢心ゆえに生まれたスフィアと身体強化の隙を突かれたのだろう。未熟なことだ。……で？　それが、どうかしたか？」

　すると、クロフォードが歩き煙草《たばこ》を吹かしながら、そのボサボサ頭を掻く。

「あー、なんていうか……ちょっと話は変わるんだが……件《くだん》の《宵闇の魔王》は、人類史に比類なき史上最強の魔術師だった。そうだよな？」

「……？　そうだが？」

「現代の魔術師とは次元の違う神話時代の魔術師達が、その《宵闇の魔王》を倒さんと何千人も挑み……そして、その悉《ことごと》くが返り討ちに遭い、呆気《あっけ》なく喰われた」

「そう伝わってるな」

「だが、最終的には、《宵闇の魔王》は討ち果たされた……とある人物の手によって」

「…………」

「その魔王を討ち果たした人物とは、意外も意外……〝剣士〟。

何千人もの凄腕《すごうで》の魔術師を返り討ちにした最強の魔王が、最後はなんと、魔術師でもなんでもない、ただの人間の〝剣〟によって倒されたんだとよ？　嘘《うそ》臭いよな……」

「結局、貴様は何が言いたい？」

「いや、何……僕、ちょっと気になっててね……その噂《うわさ》のリクス君」

そんなことをぼやいて、クロフォードは空に向かって紫煙を吐くのであった。


――――。

エストリア魔法学院が存在する、公都エストルハイム西区。

その三番街——通称キャンベル・ストリート。

そこはいわゆる学生街であり、魔法素材屋や魔道具店、魔杖《まじょう》店、魔導書店など、魔法関連の店舗が集約されており、学生生活に必要な物品は、概《おおむ》ねここで入手可能だ。

その他にも、カフェや飲食店、本屋、遊興用の施設が数多く存在し、週末は多くの学院の生徒達で賑《にぎ》わう。

そして、そんな週末のキャンベル・ストリートへ繰り出した生徒達の中に、リクス達の姿もあった。

「それでは——とりあえず入学から一ヶ月！　お疲れ様っしたぁ！　乾杯！」

「「「乾杯！」」」

ランディの音頭で、リクス達は飲み物の杯を掲げる。

ここは、キャンベル・ストリートにあるカフェレストラン『森のブラウニー亭』。

いわゆる学生向けの軽食店だが、内装がクラシックで小洒落《こじゃれ》ており、落ち着いた雰囲気がとても良い。

出される料理も値段のわりには味が良く、見た目も華やかで、女子にも人気の店だ。

「ここのお菓子と紅茶、美味《おい》しいんだよね！」

「うむ！　やはり甘味物を食すのは至福の一時じゃ！」

嬉《うれ》しそうにラズベリージャムと生クリームのケーキを口に運ぶアニーに、上品にアップルパイを口へ運ぶセレフィナが応じる。二人ともよほど嬉しいのか興奮気味だ。

「スイーツもいいが、俺はなんてったって、ここではミートボールスパゲッティがオススメだな。マジで絶品だぞ？」

ランディがフォークでパスタをくるくるしながら得意げに言う。

「で、リクス。お前は何を注文したんだ？」

「聞いて驚くなよ？　角砂糖だ」

ランディが覗《のぞ》き込むと、リクスの前には、皿に山盛りの角砂糖があった。

「うん、驚くなって方が無理だわ。よりにもよって、なんでそれなんだよ？」

「……ん？　摂取カロリー量が圧倒的に高いだろ？」

リクスがフォークで刺した角砂糖を口へ運び、ガリゴリしている。

「そんな、〝え？　知らないの？〟みたいな顔されてもな……ああもう、いいや、好きなもん食えよ」

ランディは思考を放棄し、ナポリタンに集中し始めた。

「ははは、おかしなやつだな。……ところで、シノ、そっちはどうだ？　美味《うま》いか？」

リクスが隣を見ると、そこにはシノが座っている。

シノはシュークリームを黙々とかじっていた。

「別に。普通。どうでもいいけど、なんで私がここにいるわけ？」

「そりゃ、誘ったからだろ、俺が」

「私がいていいの？」

「悪けりゃ誘わない。迷惑だったか？」

「……別に」

ふいっとそっぽを向くシノ。心なしか、その頬に赤みが差しているように見える。

そんなシノに頬が緩むのを感じながら、リクスは続けた。

「そうそう、そういえばさ！　君の先日のスフィア開放を祝して、俺から君にプレゼントがあるんだ。どうか受け取ってくれないか？」

「……えっ？」

シノが微《かす》かに目を見開いて、リクスを見ると。

ガラガラガラ……と、シノのシュークリームの皿の上に、角砂糖が山と盛られた。

「とても美味いぞ。たんと食べてくれ」

「一瞬でも、貴方《あなた》に期待した私を殺してやりたい」

「……女子は皆、スイーツが好きなんじゃないのか？」

「これはスイーツであって、スイーツじゃないのよ！　馬鹿！　馬鹿！」

「痛い！　痛い⁉　角砂糖投げつけるの止《や》めて⁉　へぶぅ⁉」

するとと、そんなリクスとシノの様子を、ランディ、セレフィナ、アニーが目を瞬《しばたた》かせて見つめている。

「なんか……いつの間にか、随分と仲良くなったな、この二人」

「うぬぬぬ……」

面白そうに見つめるランディ。

「むぅ～……」

セレフィナとアニーが、どこかジト目でリクス達を睨《にら》み付けている。

すると、ランディがそんな二人の様子もちらりと見て、含むように笑うのであった。

「ははっ、リクスの奴《やつ》とつるんでると、こりゃ退屈しそうにねえや」

────。

『森のブラウニー亭』で軽く打ち上げをした後は、五人連れ立って、キャンベル・ストリートを適当にあちこち練り歩く。

魔道具店で物珍しい魔道具達を物色し、魔法服飾店で流行のローブをチェックしたり、試着してみたり、魔法素材屋でちょっとした買い物をしたりする。

その間、五人の間に、学院についての話題は尽きない。

あの先生がムカつくだの、あの授業は理不尽だの、学生食堂のあの料理は外れだの。

同世代の少年少女達なら誰もがやってるだろう、何でもない話題にまったり花を咲かせながら、歩き続ける。

そして、なんだかんだで、シノ、アニー、セレフィナは、同世代の女の子同士だと言うべきか……

「ねぇねぇ、シノさん、見て！　このサファイアのアミュレット！

シノさんの目の色とお揃《そろ》い！　きっとシノさんに似合うと思うよ！」

「……そ、そう……かしら？」

「うん、着けてあげるね！」

「ちょ……アニー、顔近い……」

「おおお、確かに似合うな！　アニー、なかなかの美的センスじゃ！

ついでに、余に相応《ふさわ》しきアミュレットも選んでくれぬかの！　ルビー系で頼む！」

魔法装飾店の一角で、和気藹々《わきあいあい》としている三人の少女達。

シノも口数こそ少ないが、満更でもない様子。

もう誰がどう見ても、すっかり仲良し女子三人組であった。

「尊いな」

「ああ」

リクスとランディは、そんな少女達を見ながら腕組みし、後方保護者面していた。

そうこうしているうちに、五人はふと見つけた『カークスの魔杖店』の店内へと足を運ぶことになるのだった。


――――。


「ここが魔杖店ねぇ……魔術師の杖《つえ》を売ってる店、と」

リクスが周囲を物珍しそうに見渡す。

怪しげで薄暗い店内には、壁や陳列棚に所狭しと様々な商品が並べられている。

意外にも、魔杖店という名前から連想していたのと違い、杖ばかりが並んでいるわけではなかった。

剣や槍《やり》といった武器から、籠手《こて》や盾といった防具、腕輪や指輪などのアクセサリー類まで、数多くの商品がある。むしろ商品全体から見ると、杖の方が少ない。

「魔杖とは要するに、自身のスフィアへの霊的アクセスを補助する魔力増幅器じゃ」

リクスの疑問を察したセレフィナが、先んじてそう言った。

「別に形状はなんでも良いのだ。余の細剣《レイピア》もそうじゃろ？　コレも魔杖よ。一昔前までは、杖の形状が主流だったから、その名残で、現在も術者の魔法行使を補助する魔力増幅器を総じて〝魔杖〟と呼んでおるだけなのだ。今では、得意な魔法のスタイルに合わせて形状を選ぶのが一般的じゃな」

「なるほど」

「はぁ……俺もそろそろ杖選ばねえとなぁ……でも、一体、何を使えばいいのやら」

ランディが周囲の大量の商品を、迷ったようにキョロキョロ見回してる。

すると。

「リクス。貴方も杖を選びなさい」

シノが、リクスの袖を引いて、そんなことを言い始めた。

「俺が杖を？　まだ魔法使えないのに？」

「ええ。自身のスフィアへの霊的アクセスを補助する……と言ったでしょう？　持っていれば、スフィアを開きやすくするはずよ」

すると、シノが商品棚に並ぶ魔杖達を次々物色し、やがて、長さ三十センチほどの短杖を選び、リクスへと差し出した。

「この杖なんかどう？　主素材はトネリコ、触媒はペガサスのたてがみ、魔力伝導性抜群で、魔法初心者の貴方にはピッタリよ？　こないだのお礼に買ってあげるわ」

己の目利《めき》きによほど自信があるのか、シノは心なしか得意げな表情だったが。

「駄目だな、軽すぎる。おまけに脆《もろ》い。

俺の全力のスイングには、到底耐えられないだろう」

「なんで物理攻撃前提なのよ⁉　この脳筋！」

大真面目にそう返すリクスに、シノがフシャーッ！　と吠《ほ》えかかるのであった。

すると、そんな二人の様子を見ていたアニーが。

「ま、待って！　待って待って！　わ、私もリクス君の杖、選んであげるから！」

慌てて周囲の商品棚を物色し、これと目星をつけた杖を持ってくる。

「リクス君には絶対これがいいと思う！　リクス君、とても力持ちだもん！　ほら、見て⁉　このオークの両手用大杖！　重いし、大きいし、これで殴れば、どんな敵も一発だよ⁉　リクス君にピッタリ！　値段もお手頃だから買ってあげるね！」

「アニー、違うんだ……別に、リクス用の打撃武器を選んでるわけじゃないんだ……リクスのスフィア開放の補助になる杖を選んでるわけで……」

必死さのあまりお目々ぐるぐるなアニーに、ランディが突っ込む。

と、その時だった。

「わっはははははははは——ッ！　わかってない！　わかってないのう、汝等《なれら》！　リクスのことを、まったくもって理解しておらぬ！」

セレフィナが勝ち誇ったように、高笑いを上げていた。

「だが、余は違うぞ⁉　余はリクスと肩を並べて海魔と戦った女じゃからな！　ゆえに、リクスの戦闘スタイル！　スフィア開放という現時点の課題！　そして、今後の成長性と発展性を鑑《かんが》みて、リクスに相応しい魔杖《まじょう》を選別したッ！　リクスにはコレしかあるまいッッッ！」

そう宣言して、リクスの前にバーンと掲げた魔杖は……大剣だった。

リクスの身長ほどもある長大な大剣。高位の魔法金属で鍛造されており、素人目《しろうとめ》にも造りが良い。刀身に刻まれた魔法文字と共に、強力な魔力付呪が施されている。

明らかに、名うての魔法刀匠による仕事。

武器としても、魔法を補助する魔杖としても、非常に高いレベルの逸品であった。

「凄《すご》い！　これは気に入った！　これならどんな戦場も戦い抜けるぞ！」

リクスが目をキラキラさせて、大剣を両手で摑《つか》み、持ち上げる。

「ククク、そうじゃろう、そうじゃろう？　余の目に狂いはない」

ちらっと、アニー、シノを、勝ち誇ったように流し見るセレフィナ。

「…………」

アニーの朗らかな笑顔がいつになく怖い。

「……ッ」

シノはいつも通りの能面だったが、ベキン……彼女が握り締めるトネリコ杖（商品）がへし折れた。

「と、いうわけで、仕方ないのう！　余が直々にその剣を買《こ》うて、リクスへ下賜《かし》してやろう！　家宝にして、末代に至るまでこの余に感謝するがよいぞ！」

「あのー？　セレフィナ姫殿下ー？」

「なんだったらこの恩義と感謝の余り、将来はこの余に臣下として仕えてくれても……」

「殿下。姫殿下ってば」

横からジト目のランディが、セレフィナの腕を突《つっ》いている。

「なんじゃ、ランディ。今、良い所……うむ……？」

ランディが無言で、リクスが握る大剣のとある部分を指さす。

そこには値札が付いている。

〝三千万エスト〟

「ぎょえええええええええええええええ⁉」

女の子が出したらいけない声を上げてしまうセレフィナ。

「こ、これは……」

「……わりと上位クラスのドラゴンの討伐賞金くらいね」

「い、いくら皇女様でも無理だろ……さすがに……」

アニー、シノ、ランディが頬を引きつらせる。

「なるほど……ドラゴン一匹で足りるのか」

「突っ込まねえぞ？　突っ込まねえからな？　俺は」

真顔でそう嘯《うそぶ》くリクスに、ランディは最早《もはや》、盛大なため息しか出なかった。

この後、引き続き少女達三人で、アレでもないコレでもないとリクスの杖を選びまくったが、なんだかんだで誰がリクスの杖を選んで購入するかはうやむやとなった。

────。


「──で、リクス。結局、お前は自分で杖を選んで購入したわけだが。

つーか、実用面でも、結局、自分で選ぶのがベストなわけだが」

魔杖屋を後にし、通りを歩きながら、ランディがリクスを流し見る。

「なんで〝それ〟なんだよ⁉」

「えっ？」

ほくほく顔のリクスが背中に背負っている魔杖は──〝丸太〟であった。

そう、〝丸太〟である。

太くて長い。木を切り立て無加工の。それ以上でも以下でもない。

「重量、頑丈さ、リーチ、手持ちの予算……色々熟慮した結果だが？」

「他に熟慮するところあるだろうがッ！」

「あー、だよなぁ？　少々、持ちにくくて振り回しにくいのが難点で……」

リクスが片手でその太い丸太を掴み、ブンブンと振り回す。

「そこじゃねえ！　そこじゃねえ！　人間は普通、そんな風に丸太を振り回せねえんだよ⁉　ていうかあの店、なんでそんなもん売ってんだ、バカなの⁉」

いつものお仕事《ツッコミ》ご苦労様なランディであった。

「フン……素直に私の言うこと聞いておけば良いものを」

そうどこか不満げに漏らすシノも、自分用の杖を買っていた。

彼女が選んだのは、長さ三十センチほどの片手用の短杖だ。

わりと多くの魔術師達が選択するポピュラーな杖で、打撃攻撃には使えないが、携帯性や魔力伝導性が非常に良く、素早い魔法の行使に優れている。

何より、もう片方の手が空いているのが強い。様々な魔法の道具を同時に扱える。

「あはは、残念だな……リクス君の杖、選んであげたかったのに」

アニーも杖を選んで買っていた。彼女の身長に近いほどの長さがある樫《かし》の大杖だ（さすがにリクスに薦めた物ほど大きくはないが）。

大杖は古い時代の魔術師達が好んで使用していた杖で、魔力伝導性がやや低く、素早い魔法の行使には向いていないが、その分、魔力増幅性が高く、強力な魔法の行使に向いている。

足を止めて、両手でしっかりと魔法を行使したい魔術師向けの杖である。

「しかし、ランディ。汝《なれ》は随分と渋いのを選んだの？」

「そうか？　まぁ、そうだよな……」

セレフィナの指摘に、ランディが自分の両手を見る。

ランディの選んだ魔杖は、鋲《びょう》付きの手袋だ。甲の部分に魔法陣が描かれている。

「俺、昔、拳闘《ボクシング》やってたんでな。生かせるかと思ってコレにしてみたんだが……」

「良い選択じゃ。己のスキルを生かすのは、実に利に適《かな》っておるぞ？」

そんなセレフィナの言葉に、リクスも自信満々に言った。

「ならば、俺の選択も、利に適ってるな！」

「ああ、うん。お前がそう思うんなら、もうそれでいいや」

嬉《うれ》しそうに丸太を振り回すリクスに、ランディはそろそろ突っ込み《しごと》を放棄し始めた。

そんな風に、やいのやいの言い合いながら、一同が街中を歩いてると。

「……で？　次はどこへ行くの？」

隣を歩くシノが、リクスへそんなことをそっと聞いてくる。

「ん？　特に予定なんて決めてないから、皆で適当に気が向いたところをブラつくだけだけど……どうかしたか？」

「別に」

　ふい、と顔を逸《そ》らすシノ。

「ちょっと気になっただけ」

「……ひょっとして、わりと楽しんでる？」

「別に！」

　語気強く否定してくるシノ。

　そっぽを向いてるので表情は見えないが、頬や耳に赤みが差している。

　リクスは段々、シノという少女のことを理解し始めていた。

　案外、可愛《かわい》いやつなのかもしれない。

「……何、ニヤニヤしてるわけ？　キモいんだけど」

「別にぃ～？」

　睨《にら》み付けてくるシノに対し、シノの口癖を擦《こす》って返すリクス。

　楽しい時間は飛ぶように流れていくのであった――

　――。

「あ〜っ！　今日は楽しかったなぁ〜っ！」

「間違いない」

散々遊び倒していたら、いつの間にか黄昏時《たそがれどき》。

リクス達は夕日に燃える街中を歩きながら、学院への帰路についていた。

「しっかし、本当に色んなものがある街じゃの……一日じゃ回りきれんかったぞ」

「うん、また皆で来ようよ！　ね、シノさん！」

「えっ？　あ……そ、そうね……私みたいなのがいていいのなら……」

リクスが、仲良さげな三人の背中を眺めていると、隣のランディが腕をリクスの首に回して引き寄せ、聞いてくる。

「なぁ、リクス。お前、誰が本命だ？」

「本命？」

「すっとぼけんなよ」

にしし、と悪戯坊主《いたずらぼうず》の顔でランディが続ける。

「見た所、あの三人、わりとお前のこと気に入ってるぜ？

まだ、完全に惚《ほ》れた腫れたの段階じゃねえとは思うけどな？」

「そうなのか？」

「そうなんだよ。で？　お前はどうなんだ？　もし、あの三人の中から選ぶとしたら、一体、誰を選びたい？　現時点の希望を教えてくれよ！」

「うーん、そうだなぁ……俺もまだ恋愛とか全然わからないが……将来は可愛い嫁さん欲しいとも思ってるし、もし、あの三人から誰か選べるとしたら……」

リクスがしばし空を見上げて、じっくりと考えて、やがて極上の笑顔で答えた。

「全員かな！」

「想像を絶するドクズな答えに、俺、びっくりだぜ」

ドン引きのランディである。

「え？　俺の親代わりの人なんか、常時十人くらい女を囲ってたぞ？　だから、俺は、そこは誠実に三人くらいにしようかと……」

「誠実さの意味。とりあえず、後でお前には恋愛の一般常識を教えてやる」

「よろしく頼む。正直、男女関係とか、恋愛とか、実はイマイチわからん」

「お前、マジでどういう環境で生きてきたの？　今さらだけどよ」

「ところで、そういう君はどうなんだ？　誰か気になる女の子とかいないのか？」

「ふっ、俺か？　聞いてくれるか？　ククク……」

すると、ランディが待っていましたとばかりに語り出す。

「実は俺……こないだ、学院で女神に出会っちまったんだよ……」

「ほう？」

「出会った瞬間、俺は確信したね！　きっと、俺はあの人に会うために生まれてきたんだって……彼女の名は、三年生の――……」

と、ランディが熱く語り始めようとした……その時であった。

ピキッ！　頭上で何かが割れるような音が鳴った。

「な、なんだ⁉」

リクスとランディが見上げると、空に巨大な十字の亀裂が入っている。

そして、その亀裂の隙間から、もの凄《すご》い勢いで闇が広がっていき――今、リクス達がいる西区三番街の全域を、あっという間にドーム状に覆っていく。

街中に走る動揺と困惑。明らかに異常事態であった。

「なんだあれ？　一体、何が起きて……？」

「……【異界化結界】よ……ッ！」

リクスの疑問に答えたのは、シノであった。

「異界化……結界……？」

「ええ。『祈祷《きとう》魔法』にとって基礎の魔法……私達が存在する『物質界』と、その裏側にある『星幽界《せいゆうかい》』の境界を一時的に曖昧にする結界よ！

私達は、元いた物質界の風景を投影した異空間へと引きずり込まれた！

ここはすでに、どこでもない場所《ネバー・ウエア》なの！」

「専門用語が多すぎてわからないぞ！」

「ああもうっ！　ここは凄く危険！　でも逃げられない！　理解した⁉」

「理解した！」

その時だった。

「「「GRYUOOOOOOOOOOOOOOO――ッ！」」」

リクス達の周囲に、否《いな》、街全体に、異様な気配が無数に現れた。

まるで物陰から染《し》み出してくるように、コールタールのように粘つく真っ黒な闇が膨れ上がり、ボコボコと蠢《うごめ》き、次々と様々な形と実体を作っていく。

狼《おおかみ》や馬といった四足獣《しそく》、鴉《からす》や鷹《たか》といった鳥類、蛇や蜥蜴《とかげ》などのは虫類、巨大な百足《むかで》や蜘蛛《くも》といった蟲《むし》類、はたまた烏賊《いか》や蛸《たこ》、深海魚のような水棲生物《すいせい》まで。

基本的な造形は見知ったものだが、不自然にギラリと並ぶ鋭い牙や爪、不吉に赤く爛々《らんらん》と輝く複数の目など、どこか歪《いびつ》。

そして、全ての光を吸い込むような黒く不定形の物質で構成されているため、この世界で見るどの魔物達よりも異質だった。

「な、なんだこいつら……ッ⁉」

「『混沌《こんとん》ノ獣』――星幽界の住人よ！　こいつらは低級霊だけど！」

ランディの問いに、シノが答えた瞬間だった。

「GWAAAAAAAAAAAAAA――ッ！」

獅子《しし》の姿をした『混沌ノ獣』が、真っ直《ます》ぐにアニーへ襲いかかった。

「ひ――ッ⁉」

唐突のことに、まったく反応できないアニーが青ざめる。

だが、いち早く反応したのはリクスだった。

「アニーッ！」

相変わらず常識外れの速度でアニーと獅子の間へ割って入る。

そして、その駆け抜ける勢いのまま、丸太を獅子へ猛烈に叩《たた》き込むが――

バァンッ！　丸太は瞬時に、粉々に砕けてしまった。

「ま、丸太ァアアアアアアアアアア――ッ⁉」

「おい、ふざけてる場合かよ⁉」

「クソッ！　ずっと共に戦い続けてきた相棒だったのに……ッ！　すまない、俺が未熟なせいで……ッ！」

「ありもしねえ記憶を捏造《ねつぞう》すんな！　ほら、来るぞ⁉」

体勢を立て直した獅子が、今度はリクスを襲う。

刹那、リクスはその爪撃《そうげき》をかわし、抜剣。閃光《せんこう》のような斬撃を獅子の首へ叩き込む。

ガキンッ！

だが、獅子へは一ミリたりとも刃が通らなかった。

「……ッ⁉」

「駄目よ、リクス！　『混沌ノ獣』は星幽界の住人！　あくまで物質界に属する生物である魔物達とは違って、物理的な攻撃は彼らに意味をなさない！」

そう叫んで、シノが短杖《たんじょう》を一度振り上げ、リクスを差す。

次の瞬間、リクスの剣に、白く眩《まばゆ》い魔力の光が宿った。

「こいつらを倒すには、魔力──魔法的手段でないと！」

「サンキュー、シノ！」

状況を察したリクスが、稲妻が翻《ひるがえ》るように剣を切り返す。

瞬時に獅子の首が斬り飛ばされて飛んで行き、そのまま黒い霧のようなものになって、消滅していった。

リクスの強さはいつも通りだが、今はそれ以上に──

「今のは付呪魔法……？　リクス君の剣に魔力を……？」

「速い……ッ！」

シノの一瞬の魔法行使に、アニーとセレフィナが驚愕《きょうがく》していた。

だが、そうしている間にも、一同の周囲に『混沌ノ獣』は増え続けている。

「皆！　逃げるわよ！」

呆然《ぼうぜん》とする一同を、シノが一喝する。

「このままだと囲まれるわ！　どこか安全な場所を探さないと……ッ！」

「そ、そうだな……ッ！　ぼけっとしてる場合じゃねえ！」

我に返るランディ。

こうして、一同は周囲に次から次へと湧いてくる『混沌ノ獣』から逃げるように、街中を駆け出すのであった――

――。

リクスが先頭となって『混沌ノ獣』達を蹴散らしながら、一行は街中を駆け抜ける。

「ちぃっ！　なんとなく買った装備が、早速役に立つとはな……ッ！」

ランディが皮肉げに叫びながら、身構える。

「〝斬り裂け、風の剣〟！」

【風刃《ふうじん》】の呪文を唱え、鋲《びょう》付き手袋を嵌《は》めた左手で、手刀を振る。

それに沿って風の刃《やいば》が飛んで行き、迫り来る混沌の鳥を両断する。

「お、おおおおおおおっ！」

そして、正面から飛びかかってくる混沌の犬の鼻面《はなづら》へ、鋲付き手袋を嵌めた右拳を叩き込み――同時に【空弾《くうだん》】の呪文を叫ぶ。

「〝見えざる魔弾よ〟！」

インパクトの瞬間、ランディの右拳から空気の弾丸が零距離《ゼロ》で発射され、犬を大きく弾《はじ》き飛ばす。

そして、そんな犬へ――

「ようやった、ランディ！」

業ッ！　セレフィナが細剣《レイピア》の先から放った凄《すさ》まじい火炎が叩きつけられ、犬を瞬時に焼き尽くす。

「ハ――ッ！」

セレフィナがその場で回転しながら、さらに細剣《レイピア》を振るう。

灼熱《しゃくねつ》の炎が渦を巻き、炎嵐《えんらん》となってセレフィナの周囲を吹き荒れて。

「ギャオオオオウ⁉」

「ギィイイイイイイイ――ッ⁉」

四方八方からセレフィナに飛びかかろうとしていた数体の獣達を、圧倒的火勢で難なく焼き払う。

「す、凄《すげ》ぇ……さすが姫さん……」

「なに、汝《なれ》もなかなかやる方ぞ？　初陣《ういじん》でそれだけ動ければ、大したものじゃ」

「いや……まさか、故郷でのロクでもない喧嘩《けんか》の日々が役に立つとはなぁ……」

ランディは緊張で滝のように流れる冷や汗を拭い、セレフィナは舞い散る火の粉を細剣《レイピア》の切っ先で払いながら、余裕の表情だ。

「ご、ごめん……皆……私も……何かしなきゃって……思うんだけど……」

だが、アニーは大杖を握りしめ、それに縋《すが》り付くように立ち尽くしているだけだ。

その顔は真っ青で、全身ぶるぶる震えている。

「こ、こ、怖くて……ッ！」

「構わぬ、それが普通じゃ。それに余は高貴なる者。弱きを守る義務がある。

今は大人しく、余に守られているが良いぞ」

「その代わり、怪我《けが》の治療は頼むぜ？　この中で治癒魔法が一番上手《うま》いの、アニーなんだからな」

「う、うん……ッ！」

アニーは恐怖で涙を浮かべ、それをゴシゴシと拭いながら、必死に遅れないように付いてくる。

「しかし、リクスの化け物ぶりはいつものことなんだが……」

ランディが前方を見ると、シノが魔力を付加してくれた剣を振るって、迫り来る『混沌ノ獣』達を片端から、一方的に蹴散らしているリクスの姿が見える。

やはり、魔術師相手でなければ、リクスは強い。

「うむ。それはそうなのじゃが……今は霞《かす》むな」

「ああ」

セレフィナとランディが頷《うなず》き合い、今度は後方を見る。

そこには、殿《しんがり》を買って出たシノの姿があって——

「——フン」

シノが短杖を振るう。

すると、シノの周囲に幾つもの小さな雷球が浮かび上がり——次の瞬間、その雷球一つ一つから、レーザーのような雷閃《らいせん》が四方八方に放たれる。

その雷閃は、シノの周囲をまるで意思でも持ったかのように自由自在に、変幻自在に駆け抜け——シノの周囲の獣達、悉《ことごと》くを刺し穿《うが》って蹴散らしていく。

シノがさらに短杖を振るう。

その杖先に、凄まじき熱量を秘めた火球が生まれる。

それを、ぽいと放ると、火球が大爆発。その一角に壮絶な火柱が立ち、無数の獣達を燃やし尽くしながら、空へと吹き飛ばす。

それとすれ違うように、空から無数の鳥達がシノへ急降下する。

冷静に、シノが短杖をくるりと回転させる。

その回転に応じるように、巻き起こる真空の竜巻。

細切れに蹴散らされていく鳥達。

「グルァアアアアアアアアアア——ッ！」

そんなシノへ、まるで巨大な猪《いのしし》のような獣が、その巨体で地面を踏み揺らして、猛然と突進を仕掛けてくる。

鬱陶しそうに、シノが短杖を下へ振り下ろす。

グシャアアアアッ！

その猪の獣へ頭上から超重力がかかり、瞬時にぺちゃんこに押し潰していた。

「凄《すご》すぎる……」

「シノ……まさか、アレほどとは……」

シノの魔法行使の技量は——次元が違った。明らかに学院の導師かそれ以上だ。

ひょっとしたら、アルカ先生にも匹敵するかもしれない。

シノが振るうどの魔法を見ても、恐るべき精度、恐るべき威力。

おまけに、どこをどう考えても、新入生がまだ習ってない高等魔法式を、いくつも平然と使っている。それらを全て詠唱破棄で行使している。

しかも、異様に魔法戦に慣れている感がある。まるで歴戦の魔術師だ。

「本当に、スフィア開きたてなのか……？　どうなってんだ……？」

「わからぬ……」

「皆！　こっちは抑えたわ！」

そうしていると、後方から迫る獣をすっかり始末し終えて、シノが追いついてくる。

と、その時だった。

「……くっ……あ……」

「シノ⁉　しっかりせい⁉」

不意にぐらりとバランスを失って倒れ込むシノを、セレフィナが受け止め支えた。

「ぜぇー……ぜぇー……はぁー……はぁー……」

見れば、脱力しきって荒い呼吸を繰り返すシノの身体《からだ》は、ぞっとするほど冷たく、消耗しきっている。こんな短時間の戦いで、だ。

「シノ……汝《なれ》、まさか魔力切れなのか……ッ⁉」

「ええ、そうみたい……なんて無様……」

確かに、シノはかなり派手に魔法を行使していた。

だが、いくらなんでも、へバるのが早すぎる。

（こ、この消耗ぶりは……？　まさか、その凄まじき魔法の知識と技量に、自身のスフィアと魔力が追いついてないのか……？）

どうやら、そこはスフィア開きたての駆け出しのままらしい。

スフィアと魔力だけ見れば、シノはセレフィナの圧倒的格下であるようだ。

実際、セレフィナが霊的視覚で捉えるシノのスフィア半径は、約五メートル。

ちなみに、初期開放スフィア半径が五メートルなら普通、十メートルなら優秀、二十メートルもいけば神童と評される。

要するに、シノは普通なのだ。

駆け出しの魔術師の才覚としては、平均的な域を出ない。

だが、極端な威力減衰が始まるスフィア領域外へ魔法を余裕で届かせているあたり、技量だけは超一流なのは間違いない。

しかし、シノのその不自然なアンバランスさを、今は問い詰めている暇はない。

「こっちだ！」

先方でリクスが血路を切り開き、セレフィナ達へ向かって手を振ってくる。

「行くぞ、シノ。余らが肩を貸そう」

「……手間かけるわね」

「頑張って、シノさん……ッ！」

左右をセレフィナとアニーに支えられ、シノがよたよた千鳥足で進む。

ランディが周囲を警戒し、リクスが先導し、次から次へと湧き出る獣達から、ただひたすら逃れ続けるのであった——

第九章　宵闇の魔王

混沌《こんとん》ノ獣達は、街中に出現しているようだ。

当然、週末のこの街には、学院の生徒達が上級生達も含めて多く集まっているので、自分の身を守って対処できる者はいるだろう。

だが、当然、そうでない者達もいる。魔法を使えない一般市民もいる。

そういう者達の、悲鳴や叫びがあちこちから聞こえてくる。

だが——今の未熟なリクス達に、そんな彼らに構っている余裕はない。

そもそも、この閉ざされた結界の中に、安全な場所なんてあるのだろうか?

誰もがそんな不安を抱え、それでもひたすら逃げ続ける。

獣は際限なく出現し、目の前に、絶望が少しずつ迫ってくる。

だが。

その絶望は、突然、不意に吹き飛ぶのであった。

——。

それは――獣達に追われるまま、リクス達が命からがら、とある閑散とした広場に出た時だった。

「皆さん！　無事でしたか！」

不意に、黒いローブに身を包んだ女性が、リクス達を出迎えていた。

見覚えのあるその人物は――

「あ、アンナ先生⁉」

「ど、どうしてここに⁉」

学院の導師、アンナであった。

アンナが、リクス達の姿を認めて、安堵《あんど》したように息を吐く。

「今日、私はたまたま用事があって、この街へ来てたんです！」

「ほっ……そうだったんすか……」

学院に在籍する導師達は、誰も彼もが凄腕《すごうで》だ。

そんなアンナと合流できて、ランディが安堵の息を吐く。

「今、この街に居合わせていた学院の上級生達が力を合わせて、新入生や住人達の救助を行っています！　ご安心ください、貴方達《あなた》が思っている以上に被害は抑えられているはずです！」

「そ、そうなんだ……良かった……」

「うむ……正直、心苦しかったからのう……」

アニーとセレフィナも、ほっと胸を撫《な》で下ろす。

「後は貴方達です！　さぁ、急いでこちらへ！　この結界の外への脱出路が用意してありますから！」

「おおおお!?　マジっすか!?　さすが！」

「ありがとうございます、先生！」

「フフフ！　皆の衆、どうやら助かったようじゃぞ！　さぁ、行こう！」

歓喜の表情で、ランディ、アニー、セレフィナが。

そして、アニーとセレフィナの二人に支えられる形でシノが。

手招きするアンナの方へ、駆け出して――……

ガキィイインッ！　剣と杖《つえ》が交錯する激音が、辺りに反響していた。

「えっ？　リクス君？」

「………………」

見れば——リクスがアンナへ向かって斬りかかっており、アンナが驚きの表情で大杖を掲げ、リクスの剣を受け止めている。

そんな光景に、一同、しばらくの間、呆然《ぼうぜん》と押し黙り。

やがて。

「アホォオオオオオオオオッ!?　お前、何やってんだァアアアアアアアアアッ!?」

「わ、わざわざ助けに来てくれたアンナ先生に対し、失礼にも程があるぞ!?　恥を知れ！　この痴《し》れ者《もの》め！」

さすがに捨て置けず、仲間達がリクスへ対して非難囂々《ひなんごうごう》となるが。

「………………」

当のリクスは構わず、真《ま》っ直《す》ぐにアンナを見据えている。

交差する剣と杖越しに、一分の油断も隙もなく、いつになく真剣な表情で。

すると。

「うーん……？　私、何か疑われる要素、ありましたっけ？」

アンナが、本当に不思議そうに小首を傾《かし》げて。
「勘だ。わりと良く当たる。お陰で今日まで生き延びた」
リクスがあっさりそう返す。
「お、おい、リクス、何言って……？　さすがに面白くねえぞ……？」
そんなランディを余所《よそ》に、淡々とリクスは言葉を続ける。
「強《し》いて言うなら、先生がシノしか見ていなかったこと……かな？
最初から、ずっと。
学院長室でダルウィン先生から庇《かば》った時も。
放課後のスフィア開放の補習の時も。
そして——今も。
いつだって先生の目には、シノしか映ってなくて……俺なんか眼中になかった。
なんか、おかしいなって思って……先生のことはずっとマークしてた」
「…………」
「で。先生……今、シノ以外、皆殺しにするつもりでしたよね？
隠せてませんでしたよ、殺意と殺気が。
魔術師としては超一流でも、どうやら殺しは二流なんですね。そんなん、バレバレっすよ……俺、そういう世界で生きてきましたから」

戸惑う一同を余所に、リクスが凍るような目で言い放つ。

「魔法の詳しいことはわからないけど……先生が仕掛け人ですよね？　この状況」

すると。

「あはは、やだなぁ、リクス君。もう、何を言ってるんですか！」

アンナがおかしそうに笑う。

「……貴方のその台詞《せりふ》……筋書きにないんですけど？」

その瞬間だった。

リクスとアンナの周囲に、大量の混沌の闇が間欠泉のように噴き上がった。

「本来の筋書きはこうです。

生徒思いの優しいアンナ先生が、逃げ遅れた生徒達を助けるため、必死にその場に駆け付けたのですが……残念ながら間に合わなくて、リクス君、ランディ君、アニーさん、セレフィナさんの死体が見つかりました。

ですが、不思議なことに、シノさんの死体だけは見つからず、行方不明……きっと、獣達に骨も残らず食べられてしまったのでは？

ああ、なんて痛ましい事件……そんな感じです。

ちゃんと台本通りにやってくれないと困りますよ？」

噴き上がる闇が無数の獣の姿を形成し——四方八方から一斉にリクスへと襲いかかる。

「く——ッ!?」

リクスは、それらを片端から剣で斬り捨てながら後退し、死地から逃れた。

「な——ッ!?　その『混沌ノ獣』は……ッ!?」

「う、嘘《うそ》……」

驚愕《きょうがく》するセレフィナとアニー。

今、出現した『混沌ノ獣』は、明らかにアンナが召喚し、操ったものだ。

それはつまり……そういうことなのだろう。

リクスの指摘通り、アンナこそがこの状況を演出した黒幕だったのだ。

「私……まだまだ、あの学院を追われるわけにはいきませんので。

だから——心苦しいですが、目撃者は消します。シノさん以外の皆さんには消えてもらいます。大変申し訳ありませんが……一人たりとも逃がしません。お覚悟を」

そう言って、薄ら寒い笑みを浮かべ、アンナが杖を振るう。

すると強固な魔力障壁が、この広場を取り囲むように出現し、完全に包囲してしまう。

逃げ道は、完全に封じられてしまった。

「ま、マジかよ……ッ⁉」

「くっ……なんてことじゃ……ッ！」

「そ、そんな……そんなぁ……ッ⁉」

ランディ、セレフィナ、アニーが動揺を隠せない。

「……ッ！」

ただ、シノだけが何かを察したように俯《うつむ》き、拳を握り固めて震えている。

「落ち着け、皆」

そんな時、リクスが極めて冷静に言った。

「こんな時こそ、発想を逆転させるんだ。

アンナ先生をここでぶっ倒せば、何も問題ない。違うか？」

そう言って、リクスが一同の前に一歩出て、改めて剣を構え直す。

「何を、どう逆転させたのかサッパリだが……一理あるな……ッ！」

震えながら、ランディも拳を構える。

「俺には……夢があるんだ……ッ⁉　こんなところでくたばってたまるか！」

「まったくじゃ！　余にも成すべき大義がある！」

「わ、私だって……将来やりたいことがある……諦めたくない……こんなところで終わるなんて……絶対、嫌！」

セレフィナも、アニーも、それぞれの魔杖《まじょう》を構え、アンナに向き直る。

すると、そんな一同を、アンナ先生は呆《あき》れたように一瞥《いちべつ》して言った。

「もう……面倒臭いですねぇ。なんですか？　夢のためーとか、大義のためーとか、そんなんでなんとかなっちゃうのは、幻想小説の中だけですよ？

勝てると思ってるんですか？　貴方達、駆け出しのヒヨッコ学生が？

〝第二等魔王遺物〟すら所持している、この私に？」

「……何……？」

「魔王……なんだって？」

リクスとランディが聞き慣れない単語に、小首を傾げると。

「ま、まさか……ッ!?　あ、貴女《あなた》……ッ！」

今まで押し黙っていたシノが、はっと顔を上げて、驚愕と絶望に表情を歪《ゆが》めて。

アンナがニヤリと笑う。

そして、呪文を唱え始めた。

「……〝鏡覗《のぞ》くは我、映るは汝《なんじ》、我ら表裏一体、共に在りて真理目指す輩《ともがら》〟」

その瞬間だった。
リクスがまるで弾《はじ》かれたように、アンナへ向かって突進を開始した。
「リクス⁉」
凄《すさ》まじい速度だ。これまでリクスが見せた速度の中で一番速い。
あまりの速さに、踏み抜く地面が抉《えぐ》れていく。
「……ッ！」
特上の焦燥に背を焦がされながら、剣をアンナへ突き立てようと、リクスが駆ける。
感じたのだ。あの呪文を完成させてはならない、と。
恐ろしいことが起こる、と。
間違いなく自分達は皆殺しになる、と。万に一つも勝ち目はない、と。
だが——そんなリクスの行く手を、大量に出現した『混沌《こんとん》ノ獣』達が阻《はば》む。
まるで津波のようにリクスへ襲いかかってくる。
リクスはそれを片端から剣で斬り捨てるが——到底突破できる数と量ではなかった。
そうしている間にも、アンナの呪文は紡《つむ》がれていく。

「〝汝、顔無き者、白き衣を纏《まと》いし者、その穢《けが》れ無き純白の翼を羽ばたかせて、この現世《うつしよ》に舞い降りて〟――」

「セレフィナ！　先生を止めろぉおおおおおおお――ッ！」

はっと我に返ったセレフィナが、細剣《レイピア》を振り上げる。

「――〝進撃せよ、蹂躙《じゅうりん》せよ、紅蓮《ぐれん》の戦輪〟ッ！」

普段は炎を詠唱破棄で操るセレフィナが、わざわざ呪文を唱えて発動したのは――【火焔車輪《かえんしゃりん》】。現状、セレフィナが習得している中では最強の炎の魔法だ。

膨大な熱量と炎で形作られた巨大な車輪が、アンナへ向かって回転突進する。

だが――それすら、さらに際限なく増殖する『混沌ノ獣』に阻まれる。

その数十匹からそこらを踏み潰し、焼き尽くしただけで、アンナには届かない。

「――くっ⁉」

そうこうしているうちに――

「〝その大地を黒き炎にて、虚無に帰す者なり〟」

アンナの呪文が──完成してしまった。

その瞬間だった。

世界の闇が──濃くなる。

アンナの足下に魔法陣が展開され、凄まじい魔力が疾走する。

そして、アンナの足下の影が蠢《うごめ》き、広がり──影の中の深淵《しんえん》からソレは浮上した。

一言で言えば……それは天使と形容するのが一番しっくりくるだろう。

人のような造形、純白の翼、纏《まと》う白い衣。

だが──明らかに異形だ。

顔の部分にぽっかりと穴が空いている。手足も無機質で、まるで機械のようだ。

だが、凄まじき存在感、凄まじき魔力。

自分が地べたを這《は》いずる蟻《あり》以下の存在だと否応《いやおう》なしにわからされる、あまりにも絶望的で絶対的な存在。人間の完全上位者。

「……あ……」

「…………う」

「…………」

それを目の当《ま》たりにした、ランディ、セレフィナ、アニーが無言でガクンとその場に膝をつく。ただ呆然《ぼうぜん》と、その異形の天使を見上げる。

勝てるわけがない。戦う気など微塵《みじん》も起こらない。

そもそも、最初から人間の上位存在として君臨、規格されている者に、一体、どう立ち向かえというのか？

だが――

「うおああああああああああああああ――ッ！」

リクスだけが動いていた。

獣の群れを突破し、アンナの前に立ちはだかるその天使へ向かって――猛然と斬りかかって――

バキンッ！

シノの魔力で強力に強化されていた剣が真っ二つに砕ける。

刹那、天使がさっと手を動かして――

無数の閃光《せんこう》が、天より雨霰《あめあられ》と降り注ぐ――

着弾した大地が爆発する。

リクスがその爆光の中へ呑《の》み込まれていく。

辛《かろ》うじて、咄嗟《とっさ》に飛び下がって直撃を避けるが——その余波はリクスを完膚なきまでに叩《たた》きのめし——吹き飛ばす。

「リクスぅうううううううううううう——ッ⁉」

リクスの身体《からだ》は蹴られた鞠《まり》のように転がっていき……やがて、この広場を封鎖している魔力障壁に叩きつけられて、ようやく止まる。

全身、見るも無惨《むざん》に焼け焦げて血まみれ、右手と左足があらぬ方向に曲がっている。

生きているのか、死んでいるのか、それすらわからない状態であった。

「皆さんは……『祈祷《きとう》魔法』をご存じですか？」

リクスへ駆け寄ることも忘れて震えあがる一同に、異形の天使を侍《はべ》らせたアンナは穏やかに言った。

まるで学院の教室で、生徒達に授業でもするかのように。

「この世界の裏側……星幽界。

そこには、混沌ノ獣、精霊、妖精、妖魔……様々な幻想の住人達が棲《す》んでます。

ですが、そんな星幽界のさらなる深層、深奥《しんおう》――『深淵《クリフォト》』と呼ばれる領域には、我々の人知の及ばぬ、想像を絶する『大いなる者』がいるのです。

我々の言葉で定義するならば、〝神〟、〝天使〟、あるいは〝悪魔〟。

自身のスフィア領域を『深淵《クリフォト》』まで飛ばして接続し、その『大いなる者』と交信、自身のスフィアを依《よ》り代《しろ》に、もう一人の自分自身としてこの現世に召喚する。

それこそが――『祈祷魔法』。

この世界で最も崇高で、最も真理に近き、偉大なる魔法なのです」

「まっ、まさか……アンナ先生……いや、アンナ！　汝《なれ》は……ッ⁉」

「ええ、その通り」

セレフィナの指摘に、アンナが天使とともに優雅に一礼する。

「私は――《祈祷派》の上位会員が一人、《白面》のアンナ。

上位存在『大いなる者』が一柱《ひとはしら》、【白面の天使】の契約者。

以後、お見知りおきいただく必要はありませんね……貴方《あなた》達はシノさん以外、皆、ここで死ぬのですから」

アンナの従える【白面の天使】の魔力が膨れ上がり……そのあまりもの魔力圧に、セレフィナすら震え上がるしかない。

（くぅ、勝てぬ……ッ！　こんなの勝てるわけありえぬ……ッ！）

セレフィナが全身から滝のように冷や汗を流しながら、戦慄していたその時だ。

「……なんでだよ……？」

ランディが震えながら、そう問いを投げる。

「アンタの学閥のことなんか、どうでもいいけどさ……

なんで、そんなにシノに拘《こだわ》るんだよ……？」

すると。

「おい、シノさん……否《いな》、シノ様にそのような無礼な口を叩くな、下郎」

突然、アンナの口調が変わり、一同が呆気《あっけ》に取られる。

そして、改めてアンナがシノへ向き直り、恭《うやうや》しく一礼するのであった。

「ようやく……ようやく、お目覚めになられましたね、我らが偉大なる盟主よ」

「……ッ⁉」

「は？」

「シノが……汝等《なれら》の盟主じゃと……？」

セレフィナ達を無視して、アンナは熱に浮かされたように続ける。

「我ら《祈祷派》一同、この日を一日千秋の思いで心待ちにしておりました！

大変不遜ながら、貴女様《あなた》の偉大なるスフィアを再び覚醒させるため、精神的負荷をかけるために海魔をけしかけたり、ゴードンなどという愚物を唆《そそのか》したり……実に、無礼極まりないこともいたしました。

しかし、それも全て、我らの盟主となるべき貴女様のためを思ってのこと！」

「……海魔……？　ゴードン……？　おい、まさか、お前……ッ⁉」

「我々はすでに、貴女様の座を用意してあるのです。

貴女様こそ、我らの盟主。崇高なる主導者。叡智《えいち》の支配者。世界の指導者。

どうか我らをお導きください。我らと共に偉大なる真理へ至る道をお歩みください。

シノ＝ホワイナイト様──我らが真理への標《しるべ》、『祈祷魔法』の偉大なる開祖。

否──《宵闇の魔王》シェノーラ様！」

その瞬間、その場に衝撃が走った。

「シノが……」

「《宵闇の魔王》だって……ッ⁉」

この世界の者ならば、誰しもが知っている。

童歌《わらべうた》に習うし、なんなら学院の魔法史の授業でも散々習った。

二千年前の神話時代を死と暗黒で支配した、史上最強最悪の魔術師。

暴虐と暴食の魔王。人類史に比類なき極悪非道の大罪人——《宵闇の魔王》。

その《宵闇の魔王》が、シノだって？

信じられない、嘘《うそ》だろ……そんな仲間達の視線に。

シノは観念したように目を閉じ、息を吐いて、ぼそりと言った。

「そうよ。私は《宵闇の魔王》シェノーラ……だった」

「だった？」

「前世の話よ。今の私は《宵闇の魔王》シェノーラの転生体。〝あの男〟に殺されて、完全に死んだはずの私が、どうしてこの時代に転生したのかはわからないけど」

「そう！　二千年前、あの〝剣士〟にお労《いたわ》しくも討たれてしまった《宵闇の魔王》様の魂は、奇跡的にこの現代へと転生されたのです！

その事実を、我らが至宝『ハエルの予言書』が示したのです！

これはいかなる偶然か!?　奇跡か!?　否、そんなはずはありません！

これは必然！　運命！《宵闇の魔王》シェノーラ様は、無知なる我らをお導きになり、再びこの世界の頂点に君臨し、至高の真理を繙《ひもと》くために蘇《よみがえ》られたのです！

これは——この世界の大いなる意思なのです！

さぁ！　シェノーラ様！『祈祷魔法』を極め果たす先に何があるかを、我らに今一度示してください！　我らと共に深淵への探求の旅へと参りましょう！」

　まるで動けない一同の前で、アンナはそう言って、熱に浮かされたような歓喜の表情を浮かべて、シノへと手を差し伸べるが……


「クソ喰《く》らえだわ」


　シノが吐き捨てるように言った。

「シェノーラ様……？」

「『祈祷魔法』？　バカじゃないの？　《祈祷派》？　アホじゃないの？　私が……《宵闇の魔王》が一体、何をやらかしたか知らないの？　現代人は……歴史から何も学ばなかったの？

は……『祈祷魔法』が真理に近い？　もっとも崇高で偉大な魔法だ？

ふざけないで。あんなもの……クソよッッッ！」

　見れば、シノが憤怒《ふんぬ》の表情で震えていた。

「そして、そんなクソを使命感にすら燃えながら生み出して、実践した私は、さらに特上の史上最低のクソ女よッッッ！　ゴミッカス以下のクズ外道だわッッッ！

何が『祈祷魔法』だ！　愚かにも、人の領分を大きく踏み越えて、無様に滑稽にタップダンス踊って！

あの馬鹿げた力に呑み込まれるまま、破壊と殺戮《さつりく》への歓喜に振り回されるまま、一体、私がどれだけの罪もない人を殺してしまったと思ってるの⁉

ふざけないでよ！

あははは⁉　『祈祷魔法』を極める先に何があるかって⁉

教えてあげるわ！　何、何もないわ！

力に溺れて、力に酔いしれて、ただひたすら力を求めて、殺して、破壊して、他者を喰って、喰って、喰らい尽くして、果てなき殺戮と暴虐の果てに——

その先には何もなかった！　守りたかった友達も！　愛する家族も！　大切だった故郷も！　何も！　何も！　何もなかったのよ！　何も……ッ！

私は……ただ、魔法が好きだっただけなのに……ッ！

その魔法で……自分の大切な人達が、少しでも笑顔になれればいい……あの戦乱と混沌《こんとん》の時代に……一人でも多く守れればいい……ただ、それだけだったのに……ッ！

なのに……私は……ぐすっ……ひっく……ッ！　うぅ……」

ついに、シノは泣き出してしまった。

ランディも、セレフィナも、アニーも、かけるべき言葉が見つからない。

シノが《宵闇の魔王》だということに現実感がないし、それが事実だとしても、一体、彼女の葛藤と苦悩に対して、何を言えばいいのかわからない。

今では魔法史の教科書でしか語られない、遠い遠い昔の話なのだ。

ただ、彼女が海より深く後悔し、山より大きな罪悪感に押し潰されそうになっていることはわかる。

それゆえの自暴自棄、無力感、虚無感、それが彼女の本質だったのだ。

遥《はる》か遠き過去に一体、何があったのか……ランディ達は想像するしかない。

だけど、シノの涙が、人目も憚《はばか》らぬ泣き声が、ランディ達の魂を深く抉《えぐ》る。

「シノさん……」

「……シノ……」

彼女の苦悩と葛藤を思い、ランディ達の目に思わず涙が滲《にじ》んだ、その時だ。

「まぁ、そんなことだろうと思いましたよ」

完全に梯子《はしご》を外されたというのに、アンナがあっけらかんと言った。

「なんか、貴女、妙にやる気ありませんでしたからね……我々《祈祷派》《きとう》の仲間達の間でも、こう言われてましたよ？

今世の《宵闇の魔王》は、もう『祈祷魔法』を極める気はないんじゃないかって。

真理を牛耳《ぎゅうじ》って、世界の頂点に立つ気はないんじゃないかって。

やっぱりそうだったんですねー、道理でスフィアが開けなかったわけです。

……の、わりには、つい最近、突然スフィアが開けたりして、わけがわかりませんが。

まぁ、それはさておき」

アンナが肩を竦《すく》めている。

「仕方ないので、実は我々《祈祷派》は、貴女を我々の盟主として担《かつ》ぎ上げることを諦めました。だから、貴女という存在を構成する、肉体、精神、霊体……その内、貴女の自我たる精神を、破棄《ポイ》することに決定したのです！」

「……は？」

「うふふ、でもご安心を！　貴女の肉体は新たな〝魔王遺物〟に！

貴女の霊体は『祈祷魔法』の知識を繙く教科書として！　もう余すことなく、皆で使い倒させて頂きますので！　いやぁ《宵闇の魔王》に棄《す》てるとこなし！　ですね！

あ、心は要りませんけど。貴女のそんな惰弱な心はゴミ以下ですので」

そんなことを言ってくるアンナに。

シノは、心底からぞっとして後ずさりするしかない。

「とりあえず、貴女はサクリと殺しちゃいますね？　別に命は要らないので！　肉体と霊体だけ置いて逝《い》ってくだされば！」

シノへ向かってゆっくりと歩み寄るアンナ。

「……う……あ……」

後ずさりするシノ。

ランディも、セレフィナも、アニーも動けない。

あまりにも圧倒的過ぎるアンナの圧に気圧《けお》されて、まったくその場から動けない。

シノも動けない。

わかるのだ。今の自分は絶対にアンナに勝てない。

もちろん、前世の《宵闇の魔王》だった時のシノ——シェノーラと比べたら、今のアンナの力なんかゴミだ。雑魚《ざこ》だ。蟻《あり》以下の存在だ。

深淵《クリフォト》の最上位七十二柱《はしら》の『大いなる者』の全てを完全に従え、その全ての力を、同時に、完璧に自分の物として制御していた《宵闇の魔王》に勝てる存在など、唯一の例外を除いて存在するわけがない。

七十二柱の中でも序列下位の《白面の天使》ごときを一匹従えた程度で粋がってるアンナとは、根本的に器と格が違う。

だが——今は違う。

今のアンナと比べれば、今の自分こそが蟻以下だ。

転生で失われてしまった強大な魔力、世界すら覆い尽くす莫大《ばくだい》なるスフィア。

今の自分は、この時代のごく平均的な駆け出し魔術師の規格域を出ない。

辛《かろ》うじて霊体に刻まれた『祈祷魔法』の知識こそ残っているが、こんな魔法的に貧弱な身体《からだ》では、深淵《クリフォト》最上位七十二柱の『大いなる者』全てどころか、《白面の天使》一体の掌握すら、夢のまた夢だ。

（ずっと、死ねばいいと思ってた……）

後ずさりしながら、シノが思う。

（ずっと、私に生きる価値なんてないって思ってた。こうして、なぜか転生を果たしても……この世界に、私なんて存在していいはずがないって思ってた……

だって、この身は、あまりにも罪にまみれすぎてる……）

じゃあ、なぜ今まで自殺もせずに、のうのうと生きていたのか？

この現世に惰性でしがみ続けてきたのか？

（それは……あの時、〝あの男〟が——……）

シノが恩人である〝あの男〟を思い返そうとすると。

なぜか、代わりに浮かんで来るのはリクスの顔で……そして、こんな自分を友達として受け入れてくれた、ランディ、セレフィナ、アニーの顔だ。


「嫌……嫌よ……ッ！」


その瞬間、シノは猛烈に悟った。

「なんで……どうして……ッ⁉　私……まだ死にたくない……ッ！　私に生きてる資格なんてないけど……ッ！　罪にまみれているけど……それでも……ッ！」

「あはは、無理です。さようなら」

天使を従えたアンナが……泣いて震えるシノへ、ゆっくりと手を伸ばした……その時だった。


「……待て……よ……」

リクスが……シノを庇《かば》うように立ちはだかっていた。

真っ二つに折れた剣を携え、折れた骨を強引に戻し、ふらふらと立っている。

「り、リクス……？」

「あら……生きてたんですか？　しぶといですねぇ～……」

アンナを無視して、リクスは背後のシノへぽつぽつと語りかける。

「泣くなよ、シノ……泣くな……俺がなんとかしてやるからさ……」

「なんとかって……どうやって……？」

「なぁ、シノ。俺……〝人間〟になりたかったんだ」

唐突で、意味不明な話題転換に、シノが目を瞬《しばた》かせる。

「お前、前に言ったよな？　俺のこと、〝人間の振りをしようとしてる人形〟だって。

ああ。まったくその通りだ。

多分、そういう連中に、そういう風に設計されて、そういう風に生み出されたんだろうな……誰かに命じられるまま、人を殺し続ける殺戮人形が……俺だった。

俺は人形だったから、そこに自分の意思なんてなかった……ある時、〝ブラックに拾われるまでは」

「………」

「俺を拾った、あいつ……俺にこう言ったんだ。〝じゃあ、命令だ。もう人形はやめろ。無理矢理でもいいから、自分の意思を持って、人間っぽく振る舞え〟って。

笑えるだろ？　今の俺、リクス＝フレスタットは、そうして生まれたんだ」

「…………」

「でも、わからなかったんだ。リクス＝フレスタットとして、人間っぽく振る舞いながらも、人間ってのが何なのか、何もわかんなかった。

でも、人間ってのは幸せを目指すものらしいから……俺はこの学院にやって来た。

そして、この学院で……皆と一緒に毎日を過ごすようになって……なんか、ちょっとだけ、わかるようになってきたような気がするんだ……人間ってやつが」

「……リクス……」

「まだ短い間だったけど、皆と一緒に毎日楽しく騒いで……なんかこう、この胸の奥に感じる、この温かい変な感覚が……人間ってことなんじゃないかなって。

君達と出会えて良かったって思うし、人形の俺にしちゃ上出来だ。

君達のためなら、なんでもできるし、なんでもしてやりたいって思える。

振りじゃなくて、本当に。

俺も、少しは人間になれたのかもしれないな。
だから……後悔はない。
俺……皆を守るために、喜んで人間をやめるよ。後悔はない」
「リクス……ちょっと、貴方《あなた》……ッ⁉ 一体、何を……ッ⁉」
慌てるシノを無視し、リクスは目を細めて呟《つぶや》いた。
「〝設定《セット》〟。
〝抹殺対象《ターゲット》：アンナ先生〟。
〝但し、その他の者は絶対除外。この禁を破った場合、即・自害実行〟。
〝──命令実行《ロード》〟」
剣先に──〝光〟が見えた。

第十章　切り札

キャンベル・ストリートの郊外。

異界化結界の境界付近にて。

「ちっ……」

異変を聞きつけて駆け付けていたダルウィンが、境界を突破して異界の中へ侵入するため、結界の障壁に手を当てて、様々な魔法を展開している。

もう少しでこじ開けられそうだが、まだまだ時間がかかりそうであった。

「……私の愚図め」

苛立《いらだ》ちながら、ダルウィンがさらに魔力を込めていると。

「焦《あせ》るなよ、ダルウィン。常日頃、君に散々スパルタで鍛えられてる生徒達だ。混沌《こんとん》ノ獣程度じゃ、そう滅多なことにはならないよ」

それを補助するクロフォードが、ダルウィンを宥《なだ》めるように言う。

「フン。まだ愚図で愚鈍なヒヨコに過ぎぬ新入生共もいる。

それに、状況から察するに、《祈祷派》の上位メンバーが必ず動いている。

理由は与《あず》り知らぬが、ゴードンの記憶から、そのメンバーがシノ＝ホワイナイトを狙っていることも判明した。

間違いなく、今、シノ＝ホワイナイトは《祈祷《きとう》派》の襲撃を受けている。

恐らく手遅れだろう。……私がいながらなんてザマだ」

「仕方ないよ。完全秘匿組織の《祈祷派》との戦いは、いつだって後手に回るしかない……それに……ひょっとしたら、案外、なんとかなるかもしれないしな」

「どういうことだ？」

クロフォードの言葉に、ダルウィンが眉をひそめる。

「シノ＝ホワイナイトと一緒に外出許可を取ったグループの中に、リクス＝フレスタットがいた。彼はシノ君と同行している可能性が高い」

「あのスフィアも開けない一般人の愚図が一体、何になる？」

「それなんだけどな……僕、リクス君はもうとっくにスフィア開いてるんじゃないかって思うんだわ」

「……どういうことだ？」

結界突破作業を続けながら、ダルウィンが問う。

「そのまんまの意味だよ。ただ、その開いたスフィアが外に展開されることなく、完璧に自分の内界……内側に閉じて、完全に自己完結している。そういう特異なスフィアを持つ人間がいるだろ？　歴史上……たまに」

「……『エゴ』か」

ダルウィンの言葉に、クロフォードが頷《うなず》く。

「だが、それがどうした？　スフィアが外に開かぬ以上、結局、魔法は使えぬ。結局、『エゴ』はただの人間だ。決して魔術師にはなれん」

「そうだな。だが、世界に感覚を広げて開く魔術師とは違い、自身という小世界で完璧に自己完結する『エゴ』は、得体の知れない奇妙な〝技〟に開眼することがある。

魔術師が自身のスフィア内の世界において全能ということは、『エゴ』は自分自身のみの全能性に特化してるということだからな。

ゆえに、魔法式もなく、世界の法則も理《ことわり》も関係なく、ただ、自分の内界と心象の在り方の発露として、この世界に繰り出される〝技〟に開眼することがある。

そーいや、やっぱりいただろ？　歴史上にそんなやつ。

魔術師でもなんでもない、ただの人間のくせに……史上最強最悪の《宵闇の魔王》を、ただ一振りの剣で打ち倒した、規格外のやつが……」

「……《黎明《れいめい》の剣士》」

「ああ」

ダルウィンの答えに、クロフォードが神妙に頷いた。

「リクス君は、剣では絶対勝てない相手に……ゴードン君に勝った。

決して剣で斬れないはずの相手を斬った。

希望的観測だが……ほんの少しだけ、彼に期待してもいいんじゃないかね」

「フン、下らん」

その時、ダルウィンが異界化結界の障壁の一角を破壊した。

ついに、結界内部へ侵入する入り口ができたのである。

「行くぞ。結界内の混沌の獣を片端から掃討し、住民と生徒達を救助する。

そして、《祈祷派》を始末する。人の領分を超えた行いの報いを受けさせてやる。

つまらぬ希望的観測など必要ない」

「はーいはい、了解っと。あー、面倒臭《くせ》え……」

こうして、ダルウィンとクロフォードが、結界内へ足を踏み入れるのであった——

————。

赤い実が一つ。

丸い実が二つ。

小さい実が三つ。

我らが愛したエンドヤードの森で。

子狐《こぎつね》、鳴いた。


「……何を……何を見てるの……？　私は……ッ！」


アンナは、眼前に広がる光景に、唖然《あぜん》とするしかなかった。

何もかもが信じられなかった。

アンナが召喚した、上位存在《白面の天使》が——戦っている。

自身のスフィアを依《よ》り代《しろ》に召喚した《白面の天使》は、今やもう一人のアンナ自身だ。

アンナと表裏一体の存在——アンナの外的側面《ペルソナ》と言っていい。

それゆえに、アンナは己が意のまま、《白面の天使》を自身の手足であるかのように動かし、その大いなる魔法の力を自在に行使できる。

五感すら、《白面の天使》と共有している。

《白面の天使》がアンナの思い通りに戦っているのは、当然のことだ。

問題は——戦いになっていることだ。

「………………」

リクスが凄《すさ》まじい速度で、半分に折れた剣で《白面の天使》へ斬りかかっている。

《白面の天使》が触れずに、自在に繰り出す合計六本の槍《やり》。

上から稲妻のように振り下ろされ、左右に旋風を巻いて振るわれ、足下から天へ向かって突き上げ、目も霞《かす》む凄まじき連撃。

リクスはその悉《ことごと》くを、避け、かわし、剣で弾き、打ち落とし——

刹那、《白面の天使》の懐《ふところ》へ入って——

そして、剣を振るう神速。

その剣先に——〝光〟が迸《ほとばし》った。

まるで黄昏《たそがれ》のような金色の剣閃《けんせん》だった。

人の身にあり得ない速度だった。

リクスの光の剣閃は、天使の右腕を捉え——斬り裂く。

「くぅうううう⁉」

途端、天使が傷を負った場所と同じ箇所のアンナの右腕が斬り裂かれ、血飛沫《ちしぶき》が舞う。

祈祷魔法によって召喚した《白面の天使》は、アンナの外的側面《ペルソナ》。

つまり、もう一人のアンナ自身。

ゆえに術者本体へのダメージフィードバックがある。

《白面の天使》が負うダメージは、同時にアンナのダメージにもなる――

「そんなことはどうでも良いの！　そんなことは！」

アンナが叫ぶ。

《白面の天使》が、槍をリクスへと猛然と突き込む。

リクスは前へ踏み込み、剣で槍を受け流しながら、彼我の間合いを消し飛ばし――

剣を一閃《いっせん》する魔速。

再び、その剣先に迸る〝光〟。

パッ！

《白面の天使》の胸部が斬り裂かれ――アンナの胸部から再び血華が咲いた。

「ぁあああああああ――ッ⁉」

《白面の天使》が堪《たま》らず、槍を無茶苦茶に振り回す。

リクスはあまりにも正確無比に、槍を捌《さば》きながら後退。

やがて、隙を窺《うかが》うように、《白面の天使》の周囲を右回りで、一歩ごとに消えるような速度で移動し続ける——

「何よ……何よ、何なのよッ⁉

その小癪《こしゃく》な剣技は、ありえない身体能力は、どうでもいい！

なんでよ⁉　なんで……ただの〝剣〟が！

私の天使に！　上位存在に……『大いなる者』に通っているのよッ⁉」

そう、問題はそこなのだ。

リクスの剣は、ただの剣なのだ。

もうとっくに、シノの付呪してくれた魔力は尽きている。

たとえ、尽きてなくても、今のシノが付呪した魔力程度、上位存在たる天使にとっては何の痛痒《つうよう》にもならない。

ましてや、リクスの剣は半分に折れている。武器としての質すら低い。

だというのに——

「ああああああああああああ——ッ！」

天使が翼を羽ばたかせ、爆発的に加速し、回り込むリクスの背後を取る。

もう人間に対処できる速度ではない。

その心臓を貰《もら》い受けようと、六本の槍をリクスへと振り下ろす。

刹那、リクスの姿が視界から消える。

翻《ひるがえ》るは――〝光〟の剣閃。


リクスの姿は、さらに天使の背後へと抜けていて。

ドバッ！

天使の脇腹を深く斬り裂いていた――

「があっ⁉　あぐッ⁉」

アンナが朱に染まる自身の脇腹を押さえ、苦悶《くもん》に喘《あえ》ぐ。

「なぜ……なぜなの⁉　魔術師の身体強化とスフィアを遥《はる》かに超える上位存在の魔法的防御を……どうしてこうもあっさり突破できるの⁉

しかも……魔法でも魔力でもない……ただの剣で⁉

その〝光〟は何⁉　その〝光〟は、一体、何なのよぉおおおおおおおおおおおおおおおおおおおおおおおおおおおおおおおお――ッ⁉」

「…………」

答えず。

リクスは、ただ無言で、淡々と、一陣の風のように、天使へと肉薄する。

迸る――〝光〟の剣閃。

「ぁあああああああああああああああ――ッ!?」

容赦なく斬り裂かれ続ける天使に、アンナが悲鳴を上げた。

「す、凄《すげ》え……リクスのやつ……」

ランディが呆《ほう》けたように、天使を圧倒するリクスを見る。

「うん……」

アニーも呆然《ぼうぜん》と、天使をなます斬りにするリクスを見る。

「これがリクスの力か……ッ！　うむ、余の目に狂いはなかった……ッ！

素晴らしい！　やはり、リクスこそ、余の覇道に必ずや必要な男よ！」

セレフィナは、高速移動で前後左右から天使を刻むリクスを見て、そう確信する。

確信するのだが……

「……だが、なんじゃ……？　なんなのじゃこれは……？」

セレフィナは、〝光〟を見る。

まるで、リクスが振るう剣先に宿る〝光〟を。

リクスが振るう剣先に宿る何もない荒野にただ一人、孤独に見つめる黄昏のような金色の〝光〟。

目が眩《くら》まんばかりに眩《まばゆ》いのに……決して輝かぬ金色。

そう、あの〝光〟は……

「なんて……儚《はかな》いのだ……」

セレフィナがそんな言葉を絞り出す。

「これは一体、どういうことなのだ……？」

リクスのあの〝光〟を見ていると……なぜか、涙が止まらぬ……」

「わかるよ……なぜか……リクス君がこのまま消えてしまいそうで……」

そう不安げに、セレフィナとアニーが目元に涙を溜めていると。

「……《黎明《れいめい》の剣士》」

不意に、シノがそんなことを呟《つぶや》いていた。

「かつて……《宵闇の魔王》だった私を倒した、唯一の人間よ。

〝あの男〟――《黎明の剣士》が振るう剣先にも……あんな〝光〟が宿っていた。

あらゆる魔法を斬り裂き、あらゆる魔法の護《まも》りを突破する〝光〟。

瞬間的に光の速度をも超える、神速の剣閃。

あの〝光〟の前に、かつての私が極めた『祈祷《きとう》魔法』の最高奥義《おうぎ》――深淵《クリフォト》最上位七十二柱の『大いなる者』達は、その悉くが無力だった」

もっとも――《黎明の剣士》が振るう〝光〟は、こんなものではなかったが。

もっと速く、もっと力強く、神々《こうごう》しく、眩く、美しく、見る者に希望を与える、黎明のような〝眩き銀色〟だったが。

こんな……見ているだけで胸が苦しくなる、暗い夜へと孤独に向かう黄昏のような〝輝けぬ金色〟ではなかったが。

恐らく、リクスと《黎明の剣士》の、剣士としての練度、内面の差なのだろう。

だが、間違いなく、リクスと《黎明の剣士》が振るうのは、本質的に同じものだ。

「……な……ッ⁉」

「い、一体、なんなのじゃ？　あの〝光〟は？」

「……わからない」

シノがかぶりを振った。

「わかるのは……アレが魔法でもなんでもない、ただの人間の〝技〟であること。自身の内界へ完全に閉じられたスフィアを持つ人間——『エゴ』。その心象内面の発露の結果であること。そして——〝斬る〟というより、むしろ〝開く〟ものであるということ」

と、その時だった。

「ふ、ざ、けるなぁああああああああああああああああ——ッ!?」

アンナが叫んでいた。

すでに天使はボロボロに斬り刻まれ——同時に、アンナもズタズタの血塗《ちまみ》れだった。

「『祈祷魔法』は素晴らしいものなの！　この世界でもっとも真理に近い——私のように選ばれし者でなければ、極めることの叶《かな》わぬ崇高なものなの！

なのに！　なのに！　なのに！　貴方《あなた》のそんな下賤《げせん》な剣で！　無骨な剣で！

知性の欠片《かけら》もない、魔法でもなんでもない、せせこましい〝技〟で！

こんな風に、貶《おとし》められていいものじゃないのよぉおおおおおおおおおおおおおおおおおおおおおおおおおおおおおおおお――ッ!?」

そんなアンナの叫びに応じるように。


ごっ！


天使の全身から凄《すさ》まじい魔力が上がった。

今までがただの羽虫に思えるほど、凄まじき暴力的な魔力と存在感。

「あは、あはははは!?　もういい！　もういいわ！

今までは、シノさんを巻き込みたくなかったから手加減していたけど！

こうまで崇高なる『祈祷魔法』をコケにされて……ッ！

魔術師の誇りにかけて、黙っていられませんわ……ッ！

焼き尽くしてやるッ！　このくだらない街ごと！　全て焼き尽くしてやる……ッ！」

アンナが呪文を唱え始める。

「〝嗚呼《ああ》、この終末に闇が訪れる、深き闇が、昏《くら》き闇が〟」

それに応じて、天使の頭上に闇が、闇が、闇が集まってくる。

「〝主よ憐《あわ》れみ賜《たま》え、慰み賜え、迷える子羊達へ救いの御手《みて》を与え賜え〟」

その闇は——黒い炎だ。

この現世の理《ことわり》とは異なる原理で燃え上がる、星幽界の炎だ。

「〝その時、第三の笛の音と共に、御使《みつか》いは言った〟」

「〝虚無こそ救いなり、大いなる深淵より差し伸ばされたる救いの御手なり〟」

「〝なればこそ、主から遣わされし我は、安寧なる優しき黒き炎にて、この世界に、死と静寂の救いをもたらさん〟」

「〝御使いは、黒く光り輝く、穢《けが》れ無き炎の衣を纏《まと》うことを許された〟」

「〝この黒き穢れ無き炎は、信徒達の祈り、正しき行いである〟——」

これが、これこそが『祈祷魔法』だ。

上位存在『大いなる者』――彼らの知識の行使が、彼らを体現する神秘と神話の再現こそが――『祈祷魔法』の本質だ。

そして、見ただけでわかる。

あれは、あの天使の黒い炎は、破滅そのものだ。

あれが解き放たれた瞬間、この街は終わる。

全てが霊魂に至るまで、根源に至るまで、焼き尽くされる――そんな絶望的な炎。

そんな黒い火球が――天使の頭上へと収束し、どんどん巨大化していく――

「ま、マジ……かよ……ッ⁉」

「さすがにアレはリクスでも……く、ここまでか……ッ⁉」

それを見た、ランディ、セレフィナ、アニーが恐怖に震える。

だが――そんな三人を安心させるように、シノが言った。

「大丈夫よ、皆。リクスを信じなさい」

そして、その時だった。

「死ねぇえええええええええええええええええええ――ッ！」

アンナが魔力を解き放つ。

天使が——頭上の暴力を解放する。

深淵より昏く深き闇色の炎が、奔流となって、リクスを襲って——

「…………」

対し、リクスが剣を大上段に、ゆっくりと構えて。

やがて——迫り来る黒い炎へと向かって、一歩踏み出す。

そんなリクスの姿を、シノはどこか懐《なつ》かしむように見つめながら言った。

「かつて……私は、私を殺したあの光の剣閃《けんせん》に、こう名付けたわ。

私という人類史上最強最悪の魔術師……そんな特大の鬼札《ジョーカー》に抗する人類最後の希望にて、切り札——」

「【ラストカード】」

シノがそう言った瞬間。

リクスが神速の踏み込みと共に、大上段に構えた剣を――振り下ろす。

世界に〝光〟が弾《はじ》ける。

眩き光の剣閃が、迫り来る闇の炎を左右真っ二つに斬り裂いて――

――そのまま、天使をも斬り裂いていた。

「ぎゃあああ――ッ!?」

上がるアンナの悲鳴。

消滅していく天使。

あの絶望的な戦いが、こうも呆気《あっけ》ない幕切れとなるのであった――

――。

全てが終わった後で。

「やった……のか……？」

ランディのそんな呟きに誰も答えない。

「……ぁ……が……ぅぁ……」

見れば、どうやらアンナは生きているようだ。

血塗れで、大の字になって倒れている。

もう一人の自身とも呼べる天使を破壊されたのだ。

最早《もはや》、再起不能であることは間違いなかった。

「………………」

そして、リクスがそんなアンナの方を向いている。

ランディ達に背を向けて、無言で佇《たたず》んでいる。

「お、おい……リクス……？」

ランディがそうリクスに声をかけた、その時。

ざっ……

リクスが倒れたアンナに向かって、歩き始める……剣を携えたまま。

ぞっとする一同。

直感したのだ。今から一体、リクスが何をやるかを。

「駄目ぇぇぇぇぇぇぇぇぇぇッ！」

シノが叫んだ。

「させたら駄目！　もう二度と戻ってこられなくなる！」

そんなシノの叫びに、背中を蹴られたように。

ランディ、セレフィナ、アニーが飛び出した。

「おい！　リクス、止《や》めろ！　正気に戻れ！　おい！」

ランディがリクスの背中に組み付く。

「リクス君！　君のお陰で助かったよ！

でも、駄目！　戻って！　お願い！　それ以上は――……！」

アニーがリクスの腰に縋《すが》り付く。

「リクス！　止めよ！　もう終わった！　終わったのじゃ！　これ以上を行う必要はないのだ！　リクス！　聞こえておるのか⁉」

セレフィナが、リクスの剣を握る腕を掴《つか》む。

三人がかりで、リクスを止めようと、引き戻そうとする。

だが――びくともしない。

まるで誰にも組み付かれてなんかいないように、そのまま普通に、アンナの元へと歩いて行く。三人が引きずられていく。

「おい！　リクス！　冗談止めろ！　そこまでやる必要ねえだろ！」

ランディがリクスを殴っても。

アニーが【眠り】の魔法を試みても。

何をどうしても、リクスが止まらない。

致命的な最後に向かって、リクスが淡々と歩いて行く……

「リクス！」

シノがリクスの正面に回り込み、つっかえ棒のように縋る。

当然、びくともしない。リクスの歩みの何の妨げにもならない。

「ねぇ、いい加減にして！　貴方《あなた》、本当に人形に戻る気⁉　人間になりたかったんじゃないの⁉　幸せになりたかったんじゃないの⁉　ねぇ⁉」

聞かない。リクスは聞く耳を持たない。

ただ、シノには致命的な予感だけがある。

今、リクスに人を殺させたら、リクスは完全に壊れる。

もう二度と――人間には戻れない。

なぜなら、〝人形〟が、自己意思のない命令を機械的に実行し、〝完遂〟する——

それは、自身の人間性の否定だからだ。

自身が〝人形〟であることの、何よりの証明だからだ。

言葉が言霊《ことだま》として力を持ち、誓約が強制力を持つ魔術師の世界では、それは取り返しがつかない行為だ。

「止めて！　ねぇ！　止めて！　止めてったら！　ふざけんなバカァ！」

その時、シノは自分の叫び声で我に返っていた。

（……何やってるの、私は⁉　何、普通の女の子みたいに叫《わめ》き散らしてるの！　考えなさい！　私は《宵闇の魔王》でしょうに⁉）

もう時間がない。

すでにアンナは、リクスのすぐ目の前だ。

後、数秒もあれば、アンナに到達し——無慈悲にその剣を脳天へ振り下ろす。

〝アンナを殺す〟——あの自己命令を完結させたら、最後。

もう二度と、リクスの自我は元に戻らない——そんな致命的な確信だけがある。

そんな限られた短い時間の中で——シノは必死に考える。

（本当に助けたかったら、魔術師として考えなさい！　思考を放棄するな！

リクスが〝あの男〟と同じ『エゴ』だとするなら……

恐らく、リクスは自身の閉じたスフィアを制御できていないわ！

開いているのに、気付いてないし、制御できていないという一番性質《たち》が悪い状態よ！

だから、暗示によって自我を深く、自身の内界に閉じたスフィアの底に沈めて、予《あらかじ》め設定した命令内容を自動で実行する〝人形〟の形でしか、光の剣閃を振るえない……ここまでは間違いないはず！

そして、今は、多分ゴードンの時とは比べ物にならないほど、深く沈んでるはず！

じゃあ、どうしたら、閉じたスフィアの底に、深く沈んでしまったリクスの自我を引き戻せる⁉　どうしたら……一体、どうしたら……？）

シノは考える。

考える。

考える。

考えに、考えに、考えて。

そして——無慈悲に時間切れはやってきた。

——。

「…………」

まるで時間が止まったかのような静寂が、辺りを支配していた。

ランディが、アニーが、セレフィナが。

目を丸くして固まっている。

なぜなら――

シノが……リクスと唇を重ねていたからだ。

まるで愛《いと》しい恋人にするかのように、リクスの首に腕を回して。

背伸びして。

リクスへ深く口づけをしている。

リクスの動きは……止まっていた。

「……私も切り札、切らせてもらったわ」

やがて、シノがそっとリクスの胸を押して、離れる。

「魔法理論的には……貴方の自我は、貴方の内界に閉じているスフィアの底へ、深く沈みかけていた。

貴方のスフィアは、開いているのに外界には開かず、内界に閉じている、という非常に稀《まれ》で特殊な状態なの。

そんな『エゴ』の状態の貴方から、沈みかけの自我を引き上げるためには……一時的にでも、その貴方の閉じた自己完結性を破る必要があるわ。

そうすれば、私は自身のスフィアを介して、貴方の自我を引き上げることができる。

そして、貴方のその自己完結性を破るための、もっとも単純な方法は……〝他者の一部を自分の体内へと受け入れる〟。

まあ……その……何？　方法は色々とあるけど……

この状況で、もっとも手っ取り早く実行できるのは……その……」

いつも通りの能面なシノが、聞かれてもいないのにそんな解説を、やや早口でしていた

……そんな時だった。

「……そんな難しいこと、要らないだろ」

リクスがぼそりと呟《つぶや》いていた。

「〝人形が女の子のキスで人間になった〟……もう、それでいいじゃん」

そして、照れくさそうに、気まずそうに頭を掻《か》いている。

すっかり、正気に戻っていた。

「フン。だから貴方はキモいのよ……バカ」

腕組みして鼻を鳴らし、そっぽを向くシノ。

いつも通り、言葉は氷のように辛辣。切れ味は抜群。

だが、その拗《す》ねたような顔は赤く、そして涙ぐんでいた。

そして。

「リクスぅううううううう――ッ！」

「リクス君！」

「まったく心配かけおってからに！」

「うおっ⁉」

一斉に、リクスへと改めて縋り付く仲間達。

「ちょ、ちょっと待って⁉　そ、そういえば、俺、今にも死にそうなほど、滅茶苦茶《めちゃくちゃ》重傷なわけで、んぎゃあああああああああああああ⁉」

仲間にもみくちゃにされるリクスが悲鳴を上げて。

こうして、《祈祷派《きとう》》が引き起こした異変騒動は、ようやく幕を下ろすのであった――

終章　続く明日

私は魔法が好きだった。
魔法の力は不思議で、綺麗《きれい》で、楽しくて。
皆が驚いて、そして、笑顔になってくれる。
凄《すご》い、凄いと褒めてくれる。ありがとうと感謝してくれる。頭を撫《な》でてくれる。
私は……そんな魔法が大好きだった。
だから、私は魔法を一生懸命に勉強した。
魔法で、皆を笑顔にしてあげたかった。
だけど――この世は混沌《こんとん》と戦乱の時代。
弱きは喰《く》われ、強きがのさばる、そんな時代。
だから、私は魔法の力で戦った。
愛する家族を守るため。大好きな友人達を守るため。大切な故郷を守るため。
せめて、私の手が届く範囲内の人達だけでも、笑顔にするため。
弱いがゆえに、理不尽に殺されてしまう人達こそ、守るため。

私は大好きな魔法で戦い続けた。

そして――守るため、笑顔にするため、私は力を求めた。

もっと、力を。

もっと、もっと、力を。

この世界は力がないと何も守れない。力がないと誰も笑顔にできない。

奮戦虚《むな》しく守り切れず、私の大切な人達が一人、また一人……私の手からこぼれ落ちていく度に……私は、力を求めた。

次こそは守れるようにと願いを込めて、さらなる力を求めた。求め続けた。

力をつけても、大切な者を失って。さらに力をつけても、また大切な者を失って。

それでも泣きながら、さらに力を求めて。

そんなことを繰り返して、繰り返して、繰り返して……

いつからだろうか？

気付けば――私はただ力を求めるだけの《宵闇の魔王》に成り果てていた。

涙はとうに涸《か》れ果て、手段と目的が完全に入れ替わっていた。

力を得る快楽に、高みに至る高揚に、他者をねじ伏せる愉悦に、酔いしれていた。

弱きを殺戮《さつりく》し、その生命を飲み干し、さらなる大きな力を得る。

そのために、さらなる戦乱を起こして、大殺戮《だいさつりく》と大破壊を繰り返し、さらなる力を得ては、またそれを繰り返す。

最早《もはや》、私に守るべき人達も、笑顔にしたい人達も、誰一人残っていなかったのに。

帰るべき故郷なんて、とっくに滅んでしまっていたのに。

私は、力を求めて、殺して、殺して、殺して、この世界を喰らい尽くしていった。

そして、こんな私を倒そうと、この暗黒の世界を救おうと、義憤に燃えて挑んでくる魔術師達を片端から返り討ちにし、逆に喰らって、さらに力を付けていった。

だが、そんなある日のことだ。

突然、〝あの男〟が——私の前に現れたのだ。

『俺は、君を救いに来たんだ』

救う？　貴方《あなた》が？　この私を？　なぜ？

『だって、君は泣いているじゃないか。もう、ずっと、ずっと、泣いている』

泣いてない。貴方、頭おかしいの？　キモ。

『泣いてるよ。君は全てを殺しながら、喰らいながら、いつも泣いている。涙を流すことも、声を上げることもなく』

『いつだって、泣きじゃくる子供のように叫んでる……〝誰か助けて〟と。〝誰か私を止めて〟と。俺にはわかるんだ……勘だけど』

そんなはずはない。私は殺戮と破壊の愉悦のために、全てを殺し、喰らってるだけ。何をわかった風に……貴方、ただひたすらキモいわね。死にたいの？

『君は、もう泣かなくていいんだ。そのために……俺が来たんだから』

そう言って、〝あの男〟──《黎明《れいめい》の剣士》は、私の前で剣を抜く。対し、私はこの魔術師でもなんでもない、ただの人間の分際で、この私に楯突《たてつ》く愚かでキモい剣士を消すため、七十二柱《はしら》の《大いなる者》を召喚するのであった。

そして――悟る。

死闘の末、七十二柱の《大いなる者》の悉《ことごと》くを退けられて。

ついに我が身に、〝あの男〟の輝ける剣を受けた――その瞬間。

ああ……確かに、私は救われたんだ、と。

やっと、この地獄が終わるんだ、と。

私は、海よりも深く、そう悟るのであった。

そして――全てが終わった後。

滅び逝《ゆ》く私へ、〝あの男〟は言った。

『君は罪を犯した。この世界は君を決して赦《ゆる》さない』

『だが、俺が断罪した。今世での君の罪は濯《すす》がれた』

『来世は楽しく生きてくれ。本当の意味で幸せになってくれ』

『もう一度、初心に返って、大好きな魔法を学び直すのもいいんじゃないかな？』

『今度こそ、誰かを笑顔にできるように、ね』

『大丈夫。君なら、きっとできる』

『願わくは……来世の君が、自然と誰かに手を差し伸べられる、そんな優しい女の子に生まれ変わることを……俺は心から願ってるよ』

『……じゃあな』

それが──前世の。

《宵闇の魔王》だった私の、最後の記憶──

──────。


「つまり！　リクス君！　君は『エゴ』だったわけだッ！」

学院長室に、ジェイク学院長の熱い叫び声が響き渡っていた。

「ええと……つまり、どういうことですか？」

「開いているのに、閉じている、という非常に珍しいスフィアの持ち主ということだ！　君という存在は、まだまだ未解明な部分も多いスフィアの解明と研究に大きく貢献することは間違いない！

それに、君は、かの《黎明の剣士》が振るった光の剣閃《けんせん》も、限定的に使えると聞く！

正直、私自身、魔術師として、君に対する興味は尽きないな！

やはり『一角の女神の指名簿』の目に狂いはなかったようだッ！」

そんな、ジェイク学院長に、ダルウィンやクロフォードも続ける。

「フン。忌々《いまいま》しいが、その愚図に、一定の魔法的価値があるのは間違いないですな」

「しっかし、本当にあの『エゴ』とはなぁ……こりゃ魔法界大騒ぎだわ」

そんな先生陣へ、リクスが問いを投げる。

「あのー、結局、俺、どうなるんすか？」

「うむ！　君という存在を在野に放り出すのは、あまりにも惜しい！

それに、学院在籍の最低条件である〝スフィアの開放〟も、一応はクリアしている！

ゆえに、君に課していた退学処分の一時留保を永久破棄とする！

おめでとう！　現時点をもって、君は正式なエストリア魔法学院の生徒だ！」

「チッ……私はまだ納得してませんがね」

「おい、ダルウィン。まぁ、そう言うなって。

リクス君が黒幕を倒してくれたお陰で【異界化結界】が早々に解除され、被害は軽微だったんだぜ？　少しは彼を認めてやってもいいだろ？」

「それとこれとは話が別だ。……まぁ、学院の決定なら従うがな」

目を瞬《しばたた》かせるリクスの前で、先生達のそのようなやり取りがなされているが。

ふつふつと胸の奥から湧き起こる喜びに、リクスが拳を固める。

「——と、いうことは、つまり！

俺も……俺も、魔術師になれるんですねっ⁉」

希望と歓喜の表情を浮かべて、リクスがそう叫んだ瞬間だった。

「いや！　それは無理だろう！」

「無理に決まってるだろう、愚図め」

「あー、無理なんじゃないかな……」

ジェイク学院長、ダルウィン、クロフォードに同時にそう返され、リクスの目は点になった。

「『エゴ』は厳密な定義によれば、魔術師ではない！　ただの人間だ！」

「そもそも、ひっくり返っても、『エゴ』は魔法を使えるようにはならん。

あくまで魔法じみた〝技〟ができるだけだ。当然、魔術師相手の戦いでは、基本的には貴様は無力だと心得ろ。ゴードン戦の二の舞になりたくなければな」

「さらには、魔術師資格の『エストリア公認四級』を取得する際には、実技ありの資格試験があるからなぁ……さすがに無理だろ、合格」

リクスが口をパクパクさせてると、ジェイクが歩み寄り、リクスの肩をポンと叩《たた》く。

「だが、そう気を落とすことはない！

学院が君という希《け》有《う》な存在を重視しているのは、間違いないのだ！

今の君の『エゴ』は未成熟で、迂《う》闊《かつ》に使用すれば自我崩壊の可能性が伴う危険なものだが……この手の専門家たる導師を、研究も兼ねて、君に専属でつける！

いずれ、君がかの《黎明の剣士》のように、『エゴ』を自在に使いこなせるようにしてみせよう！　そうすれば、悲観することは微《み》塵《じん》もない！

魔術師にはなれずとも、将来の道など、いくらでも開けるというものだ！」

「そうだな……例えば、傭《よう》兵《へい》、職業軍人、冒険者、魔物ハンター、賞金稼ぎ、魔法狩り……戦闘専門職なら、きっと引く手数《あま》多《た》に……」

「嫌だぁあああああああああああああああああああああああああああああ――ッ！」

学院長室に、リクスの悲痛な叫びが響き渡るのであった。

――――。

「ま。とりあえずは、学院に留まれそうで良かったじゃねーか」

次の授業が行われる教室へ移動中。

ずーん、と気落ちするリクスの肩を、ランディが叩いて慰める。

「絶対に魔術師になってやる……絶対に魔術師になってやる……絶対に魔術師になってやる……絶対に魔術師になってやる……絶対に魔術師になってやる……」

魔法が使えない魔術師に、俺はなる……ッ！　絶対に……ッ！」

「ま、まぁ……将来のことは、また後で考えようぜ」

「うむ！　その通り！」

やや呆《あき》れ顔のランディに、セレフィナがうんうんと頷《うなず》く。

「そもそも、汝《なれ》にはすでに最高の就職先があるのだ！　汝《なれ》は、余の――……」

「絶対やだ」

「せめて、最後まで言わせてたもれ⁉」

涙目になるセレフィナ。

「あはは、でも良かった！　これからもリクス君と一緒に、学院生活送れそうで！」

朗らかに笑うアニー。

「これからもよろしくね、リクス君」

「ああ、俺もな」

そして──……

「フン。皆、呑気《のんき》ね。この男、どう考えても厄介ごとの種にしかならなそうだけど？

なんかもう、色々厄ネタ満載じゃない……私も人のこと言えないけど」

一同の最後尾を歩くシノが、いつも通りの無表情で冷たく言い捨てていた。

リクスは歩調を落とし、そんなシノの隣に並ぶ。

「そういえば……君も学院に残るんだな？」

「そうよ。悪い？」

「いや……なんとなく、学院辞めるかもって心配だったから、ほっとしてる」

「……フン」

シノの正体は《宵闇の魔王》。

その事実は、リクス達で相談した結果、学院側には伏せておくことに決めた。

〝なぜか、シノは《祈祷派《きとう》》に狙われている〟

〝恐らく、シノの特待生としての、秘められた特異な魔法の才能が目的なのでは？〟

と、いうことにして、学院側へ、シノの身辺警備の強化を頼むだけに留《とど》めた。

やはり、魔法史上的には《宵闇の魔王》は悪名高い。

学院側が、一体、今のシノに対してどう反応するのか、まるで予測できないからだ。

それに、リクス達はシノと友人だから気にしないが、その他の生徒達がシノをどう思うかもまだわからない。

今は、リクス達の秘密ということにしておくのが無難そうであった。

「ま、お互い厄介者同士、これからもよろしくな！」

「………………」

シノ、これを無言でスルー。リクスを一瞥《いちべつ》すらしない。

相変わらずのシノの塩対応に、リクスが気まずそうに頭を掻《か》いていると。

「もう、二度とあんな真似《まね》、やめなさいよ」

シノが、不意にそんなことをぼそりと呟《つぶや》いていた。

「シノ？」

「私に、一方的に希望を見せたくせに、一人で勝手に逝《い》くなって言ってるの。他人は救うくせに、自分を蔑《ないがし》ろにするやつなんて、はっきり言って、傍《はた》から見て最高にキモいんだから。今度あんなキモい真似したら、『大いなる者』への生贄《いけにえ》にしてやる」

そう一方的に言い捨てて、シノはぷいっとそっぽを向くのだった。

だが、その頬に、耳に、微《かす》かな赤みが差しているのが見える。

そんなシノの様子に、リクスはふっと口元を緩めて。

「肝に銘じるよ。キモいだけに」

「寒……」

そんなことを言い合って、リクス達は歩いて行く。

やがて、学院校舎内に次の授業開始の鐘が響き渡るのであった――

――――。

――同時刻。

エストリア魔法学院の城壁の上にて。

「ここが、あのエストリア魔法学院っすか」

一人の少女が、城のような学院校舎を見据えていた。

それはもう怪しい。とても怪しい。見るからに怪しい。

その小柄な身体《からだ》を、頭からすっぽり覆い隠すマントフード。肩や腕、腰などにベルトをグルグルと巻き、背中にやたらデカい戦斧《せんぷ》を背負っている。

怪しさを隠す気ゼロである。

残虐非道の殺人鬼だって、もう少しくらい取り繕うだろう。

そんな見るからに怪しい少女は、フードの隙間から鋭い瞳でこう言うのであった。

「リクスのアニキ……まさか、あんな小賢《こざか》しい手で死を偽装して、団を抜けるなんて……〝来る者は拒まず、去る者は地獄の果てまで追いかける〟……私達の鉄の掟《おきて》を忘れたなんて言わせないっす。

アニキには、血みどろの戦場こそが相応《ふさわ》しいっす。

絶対に……連れ戻してやるっす！」

「このままならば
――貴様は退学だ」

「アニキ……。傭兵団に戻らないなら、死、あるのみっす！」

「うおおおお!?
迷子すぎるぞ、俺の将来!!」

The next episode is coming soon...

あとがき

こんにちは、羊太郎《ひつじたろう》です。

今回、新作『これが魔法使いの切り札』第一巻！　刊行の運びとなりました！

編集者並びに出版関係者の方々、そして、この本を手にとってくれた読者の方々に無限の感謝を申し上げます！　ありがとうございます！

まぁ、それはさておき。

なんていうか……先に完結した『ロクでなし』から羊作品にお付き合いしていただいている読者の皆様は、さぞかしこんなツッコミを覚えていることでしょう。

『羊の野郎……まーた、魔法学園ものかよッ⁉』

いや、ごもっとも！　ご指摘はごもっとも！　あれだけ散々《さんざ》っぱら長年にわたり魔法学園ものやっておいて、新作がまた魔法学園ものなのかよ、と！

わかります！　それは重々承知です！　性懲りもねえなあと自分でも！

ですが！　読めばわかります！　わかっていただけるはずです！　この新作『これが魔法使いの切り札』が、『ロクでなし』と同じ魔法学園ものでありながら、『ロクでなし』とはまたガラリと違った読み味の作品であることを！

主人公は、ある程度成熟した大人であった教師から、まだまだ未熟で発展途上な少年である生徒へ！　自分探し的な意味合いが強かった物語から、将来の夢に向かって一直線な若者達の恋と冒険の青春物語へ！　『ロクでなし』では描けなかった物語が、新たに展開されます！　もちろん、『ロクでなし』が好きな方々にも、きっと気に入っていただけるお話だと思います！

作家として、ただ、どこまでも歩み続ける羊の新たなる物語！　どうか皆さん、よろしくお願いします！

それと、X（旧Twitter）で生存報告などやってますので、DMやリプで作品感想や応援メッセージなど頂けると、とても嬉《うれ》しいです。羊が調子に乗って、やる気MAXになります。ユーザー名は『@Taro_hituji』です。

それでは！　また次巻でお会いしましょう！

羊太郎

富士見ファンタジア文庫

これが魔法使《まほうつか》いの切《き》り札《ふだ》

1．黎明《れいめい》の剣士《けんし》

令和５年11月20日　初版発行

著者——羊《ひつじ》　太郎《たろう》

発行者——山下直久

発　行——株式会社KADOKAWA
〒102-8177
東京都千代田区富士見2-13-3
0570-002-301（ナビダイヤル）

印刷所——株式会社暁印刷

製本所——本間製本株式会社

ISBN978-4-04-075108-5 C0193　◇◇◇

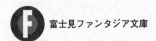